LA MARE AU DIABLE

GEORGE SAND

La Mare
au Diable

GEORGE SAND
1804-1876

Aristocrate par son père, officier de l'armée impériale (sa grand-mère est fille naturelle du maréchal de Saxe et petite-fille du roi de Pologne), roturière par sa mère, fille d'un oiseleur des quais de Seine. Aurore Dupin de Francueil naît le 1er juillet 1804 à Paris, un mois après le mariage de ses parents. A la mort de son père, en 1808, Aurore est élevée par sa grand-mère au château de Nohant, dans le Berry. Aurore a une enfance campagnarde jusqu'à 14 ans ; sa grand-mère l'envoie alors à Paris poursuivre ses études dans un couvent pour jeunes filles de bonne famille. Elle n'y reste que deux ans : le temps de se passionner pour l'œuvre de Jean-Jacques Rousseau et de traverser une crise mystique qui inquiète tant sa voltairienne aïeule qu'elle la fait revenir à Nohant.

A Nohant où elle scandalise les notables en fumant en public, en tirant au pistolet et en ayant une idylle avec un étudiant en médecine phtisique. Sa grand-mère meurt en 1821. Pour fuir sa mère, avec laquelle elle s'entend mal, Aurore épouse Casimir

Dudevant en 1822. Elle a 18 ans. Après la naissance de son fils Maurice, l'année suivante, et de Solange (1828), sans doute fille de son premier amant, elle s'éprend de Jules Sandeau, le fils — mineur — du percepteur local et, fuyant le scandale, monte avec lui à Paris, avec l'accord de son libéral époux dont elle se séparera définitivement six ans plus tard.

Dans la capitale, elle s'essaie à la peinture (son fils sera l'élève de Delacroix), puis à l'écriture. En collaboration avec Jules Sandeau, — d'où le pseudonyme-abréviation de J. Sand — , elle publie *Rose et Blanche*, mais c'est seule qu'elle écrit *Indiana* (1832), son premier succès. Elle garde le pseudonyme, auquel elle ajoute un George à l'anglaise, et c'est habillée de pantalons d'homme et de bottes à fers qu'elle court les rédactions à la recherche de collaborations : elle a besoin d'argent pour élever ses enfants. Amie de Balzac, de l'actrice Marie Dorval, elle devient rapidement un personnage-clef de la bohème parisienne, où elle affiche nettement ses opinions républicaines. Après une liaison avec Mérimée, elle s'éprend, en 1833, d'Alfred de Musset. Leur passion, scandée par les ruptures, — George n'est pas un modèle de fidélité — durera deux ans.

En 1838, c'est avec un autre génie, Frédéric Chopin, qu'elle noue une idylle tout aussi orageuse qui durera neuf ans et dont la fin coïncidera avec la Révolution de 1848 à laquelle elle participe si activement qu'elle est menacée d'arrestation et doit aller se réfugier à Nohant. C'est là qu'elle apprend la mort de Marie Dorval, et de Chopin. Son Berry lui inspire des romans champêtres. Après *Le Meunier d'Angibault* (1845), *La Mare au Diable* (1846), elle écrit *La Petite Fadette, François le Champi* (1847, 1848) *Les Maîtres Sonneurs* (1853)...

L'échec de la Révolution de 1848 a ruiné ses rêves humanitaires et lui a fait perdre de sa combativité : mais en 1852, deux entrevues avec Napoléon III lui permettent d'obtenir la grâce de plusieurs républicains condamnés à mort ou au bagne. Avec la même simplicité, elle reçoit à Nohant ses amis parisiens, Flaubert, ses fermiers,... Elle a pour amant Alexandre Manceau de treize ans son cadet, lequel restera à ses côtés jusqu'à sa mort, par tuberculose, en 1865. La bonne Dame de Nohant, qui est célèbre dans toute l'Europe, cultive l'art d'être grand-mère, tout en écrivant : *Les Beaux Messieurs de Bois-Doré* (1858), *Laura* (1866), des pièces de théâtres, ses Mémoires...

En mai 1876, elle est victime d'une occlusion intestinale. Elle meurt le 8 juin au matin, après avoir fait tourner son lit pour recevoir la lumière de l'aube.

Quand j'ai commencé, par *la Mare au Diable*, une série de romans champêtres, que je me proposais de réunir sous le titre de *Veillées du Chanvreur*, je n'ai eu aucun système, aucune prétention révolutionnaire en littérature. Personne ne fait une révolution à soi tout seul, et il en est, surtout dans les arts, que l'humanité accomplit sans trop savoir comment, parce que c'est tout le monde qui s'en charge. Mais ceci n'est pas applicable au roman de mœurs rustiques : il a existé de tout temps et sous toutes les formes, tantôt pompeuses, tantôt maniérées, tantôt naïves. Je l'ai dit, et dois le répéter ici, le rêve de la vie champêtre a été de tout temps l'idéal des villes et même celui des cours. Je n'ai rien fait de neuf en suivant la pente qui ramène l'homme civilisé aux charmes de la vie primitive. Je n'ai voulu ni faire une nouvelle langue, ni me chercher une nouvelle manière. On me l'a cependant affirmé dans bon nombre de feuilletons, mais je sais mieux que personne à quoi m'en tenir sur mes propres desseins, et je m'étonne toujours que la critique en cherche si long, quand l'idée la plus simple, la circonstance la plus vulgaire, sont les seules inspirations auxquelles les productions de l'art doivent l'être. Pour *la Mare au Diable* en particulier, le fait que j'ai rapporté dans l'avant-propos, une gravure d'Holbein, qui m'avait frappé, une scène réelle que j'eus sous les yeux dans le même moment, au temps des semailles, voilà tout ce qui m'a poussé à écrire cette histoire modeste, placée au milieu des humbles paysages que je parcourais chaque jour. Si on me demande ce que j'ai voulu faire, je répondrai que j'ai voulu faire une chose très touchante et très simple, et que je n'ai pas réussi à mon gré. J'ai bien vu, j'ai bien senti le beau dans le simple, mais voir et peindre sont deux ! Tout ce que l'artiste peut espérer de mieux, c'est d'engager ceux qui ont des yeux à regarder aussi. Voyez donc la simplicité, vous autres, voyez le ciel et les champs, et les arbres, et les paysans surtout dans ce qu'ils ont de bon et de vrai : vous les verrez un peu dans mon livre, vous les verrez beaucoup mieux dans la nature.

George Sand.

Nohant, 12 avril 1851.

I

L'AUTEUR AU LECTEUR

A la sueur de ton visaige
Tu gagnerois ta pauvre vie,
Après long travail et usaige,
Voicy la mort qui te convie.

Le quatrain en vieux français, placé au-
dessous d'une composition d'Holbein, est
d'une tristesse profonde dans sa naïveté. La
gravure représente un laboureur condui-
sant sa charrue au milieu d'un champ. Une
vaste campagne s'étend au loin, on y voit de
pauvres cabanes ; le soleil se couche derrière la colline. C'est la fin d'une rude journée de travail. Le paysan est vieux, trapu,
couvert de haillons. L'attelage de quatre
chevaux qu'il pousse en avant est maigre,
exténué ; le soc s'enfonce dans un fonds
raboteux et rebelle. Un seul être est allègre
et ingambe dans cette scène de *sueur et*
usaige. C'est un personnage fantastique, un
squelette armé d'un fouet, qui court dans le
sillon à côté des chevaux effrayés et les
frappe, servant ainsi de valet de charrue au
vieux laboureur. C'est la mort, ce spectre
qu'Holbein a introduit allégoriquement

dans la succession de sujets philosophiques
et religieux, à la fois lugubres et bouffons,
intitulée les *Simulachres de la mort*.

Dans cette collection, ou plutôt dans
cette vaste composition où la mort, jouant
son rôle à toutes les pages, est le lien et la
pensée dominante, Holbein a fait compa-
raître les souverains, les pontifes, les
amants, les joueurs, les ivrognes, les
nonnes, les courtisanes, les brigands, les
pauvres, les guerriers, les moines, les juifs,
les voyageurs, tout le monde de son temps
et du nôtre, et partout le spectre de la mort
raille, menace et triomphe. D'un seul
tableau elle est absente. C'est celui où le
pauvre Lazare, couché sur un fumier à la
porte du riche, déclare qu'il ne la craint pas,
sans doute parce qu'il n'a rien à perdre et
que sa vie est une mort anticipée.

Cette pensée stoïcienne du christianisme
demi-païen de la Renaissance est-elle bien
consolante, et les âmes religieuses y
trouvent-elles leur compte ? L'ambitieux, le
fourbe, le tyran, le débauché, tous ces
pécheurs superbes qui abusent de la vie, et
que la mort tient par les cheveux, vont être
punis, sans doute ; mais l'aveugle, le men-
diant, le fou, le pauvre paysan, sont-ils
dédommagés de leur longue misère par la
seule réflexion que la mort n'est pas un mal
pour eux ? Non ! Une tristesse implacable,
une effroyable fatalité pèse sur l'œuvre de
l'artiste. Cela ressemble à une malédiction
amère lancée sur le sort de l'humanité.

C'est bien là la satire douloureuse, la

peinture vraie de la société qu'Holbein avait
sous les yeux. Crime et malheur, voilà ce
qui le frappait ; mais nous, artistes d'un
autre siècle, que peindrons-nous ? Cherche-
rons-nous dans la pensée de la mort la
rémunération de l'humanité présente ?
l'invoquerons-nous comme le châtiment de
l'injustice et le dédommagement de la souf-
france ?

Non, nous n'avons plus affaire à la mort,
mais à la vie. Nous ne croyons plus ni au
néant de la tombe, ni au salut acheté par un
renoncement forcé ; nous voulons que la
vie soit bonne, parce que nous voulons
qu'elle soit féconde. Il faut que Lazare
quitte son fumier, afin que le pauvre ne se
réjouisse plus de la mort du riche. Il faut
que tous soient heureux, afin que le bonheur de quelques-uns ne soit pas criminel
et maudit de Dieu. Il faut que le laboureur,
en semant son blé, sache qu'il travaille à
l'œuvre de vie, et non qu'il se réjouisse de ce
que la mort marche à ses côtés. Il faut enfin
que la mort ne soit plus ni le châtiment de
la prospérité, ni la consolation de la
détresse. Dieu ne l'a destinée ni à punir, ni
à dédommager de la vie ; car il a béni la vie,
et la tombe ne doit pas être un refuge où il
soit permis d'envoyer ceux qu'on ne veut
pas rendre heureux.

Certains artistes de notre temps, jetant
un regard sérieux sur ce qui les entoure,
s'attachent à peindre la douleur, l'abjection
de la misère, le fumier de Lazare. Ceci peut
être du domaine de l'art et de la philo-

sophie ; mais, en peignant la misère si
laide, si avilie, parfois si vicieuse et si cri-
minelle, leur but est-il atteint, et l'effet en
est-il salutaire, comme ils le voudraient ?
Nous n'osons pas nous prononcer là-dessus. On peut nous dire qu'en montrant ce
gouffre creusé sous le sol fragile de l'opu-
lence, ils effraient le mauvais riche,
comme, au temps de la *danse macabre*, on
lui montrait sa fosse béante et la mort prête
à l'enlacer dans ses bras immondes.
Aujourd'hui on lui montre le bandit croche-
tant sa porte et l'assassin guettant son sommeil. Nous confessons que nous ne
comprenons pas trop comment on le
réconciliera avec l'humanité qu'il méprise,
comment on le rendra sensible aux dou-
leurs du pauvre qu'il redoute, en lui montrant ce pauvre sous la forme du forçat
évadé et du rôdeur de nuit. L'affreuse mort,
grinçant des dents et jouant du violon dans
les images d'Holbein et de ses devanciers,
n'a pas trouvé moyen, sous cet aspect, de
convertir les pervers et de consoler les vic-
times. Est-ce que notre littérature ne pro-
céderait pas un peu en ceci comme les
artistes du moyen âge et de la Renaissance ?

Les buveurs d'Holbein remplissent leurs
coupes avec une sorte de fureur pour écarter l'idée de la mort, qui, invisible pour eux,
leur sert d'échanson. Les mauvais riches
d'aujourd'hui demandent des fortifications
et des canons pour écarter l'idée d'une jac-
querie, que l'art leur montre travaillant

dans l'ombre, en détail, en attendant le moment de fondre sur l'état social. L'Église du moyen âge répondait aux terreurs des puissants de la terre par la vente des indulgences. Le gouvernement d'aujourd'hui calme l'inquiétude des riches en leur faisant payer beaucoup de gendarmes et de geôliers, de baïonnettes et de prisons.

Albert Dürer, Michel-Ange, Holbein, Callot, Goya, ont fait de puissantes satires des maux de leur siècle et de leur pays. Ce sont des œuvres immortelles, des pages historiques d'une valeur incontestable ; nous ne voulons pas dénier aux artistes le droit de sonder les plaies de la société et de les mettre à nu sous nos yeux ; mais n'y a-t-il pas autre chose à faire maintenant que la peinture d'épouvante et de menace ? Dans cette littérature de mystères d'iniquité, que le talent et l'imagination ont mise à la mode, nous aimons mieux les figures douces et suaves que les scélérats à effet dramatique. Celles-là peuvent entreprendre et amener des conversions, les autres font peur, et la peur ne guérit pas l'égoïsme, elle l'augmente.

Nous croyons que la mission de l'art est une mission de sentiment et d'amour, que le roman d'aujourd'hui devrait remplacer la parabole et l'apologue des temps naïfs, et que l'artiste a une tâche plus large et plus poétique que celle de proposer quelques mesures de prudence et de conciliation pour atténuer l'effroi qu'inspirent ses peintures. Son but devrait être de faire aimer les

objets de sa sollicitude, et au besoin, je ne
lui ferais pas un reproche de les embellir un
peu. L'art n'est pas une étude de la réalité
positive ; c'est une recherche de la vérité
idéale, et *Le Vicaire de Wakefield* fut un livre
plus utile et plus sain à l'âme que *Le Paysan
perverti* et *Les Liaisons dangereuses.*

Lecteur, pardonnez-moi ces réflexions, et
veuillez les accepter en manière de préface.
Il n'y en aura point dans l'historiette que je
vais vous raconter, et elle sera si courte et si
simple que j'avais besoin de m'en excuser
d'avance, en vous disant ce que je pense des
histoires terribles.

C'est à propos d'un laboureur que je me
suis laissé entraîner à cette digression. C'est
l'histoire d'un laboureur précisément que
j'avais l'intention de vous dire et que je vous
dirai tout à l'heure.

LE LABOUR

Je venais de regarder longtemps et avec une profonde mélancolie le laboureur d'Holbein, et je me promenais dans la campagne, rêvant à la vie des champs et à la destinée du cultivateur. Sans doute il est lugubre de consumer ses forces et ses jours à fendre le sein de cette terre jalouse, qui se fait arracher les trésors de sa fécondité, lorsqu'un morceau de pain le plus noir et le plus grossier est, à la fin de la journée, l'unique récompense et l'unique profit attachés à un si dur labeur. Ces richesses qui couvrent le sol, ces moissons, ces fruits, ces bestiaux orgueilleux qui s'engraissent dans les longues herbes, sont la propriété de quelques-uns et les instruments de la fatigue et de l'esclavage du plus grand nombre. L'homme de loisir n'aime en général pour eux-mêmes, ni les champs, ni les prairies, ni le spectacle de la nature, ni les animaux superbes qui doivent se convertir en pièces d'or pour son usage. L'homme de loisir vient chercher un peu d'air et de santé dans le séjour de la campagne, puis il retourne dépenser dans les grandes villes le fruit du travail de ses vassaux.

De son côté, l'homme de travail est trop accablé, trop malheureux, et trop effrayé de l'avenir, pour jouir de la beauté des campagnes et des charmes de la vie rustique. Pour lui aussi les champs dorés, les belles prairies, les animaux superbes, représentent des sacs d'écus dont il n'aura qu'une faible part, insuffisante à ses besoins, et que, pourtant, il faut remplir, chaque année, ces sacs maudits, pour satisfaire le maître et payer le droit de vivre parcimonieusement et misérablement sur son domaine.

Et pourtant, la nature est éternellement jeune, belle et généreuse. Elle verse la poésie et la beauté à tous les êtres, à toutes les plantes, qu'on laisse s'y développer à souhait. Elle possède le secret du bonheur, et nul n'a su le lui ravir. Le plus heureux des hommes serait celui qui, possédant la science de son labeur, et travaillant de ses mains, puisant le bien-être et la liberté dans l'exercice de sa force intelligente, aurait le temps de vivre par le cœur et par le cerveau, de comprendre son œuvre et d'aimer celle de Dieu. L'artiste a des jouissances de ce genre, dans la contemplation et la reproduction des beautés de la nature ; mais, en voyant la douleur des hommes qui peuplent ce paradis de la terre, l'artiste au cœur droit et humain est troublé au milieu de sa jouissance. Le bonheur serait là où l'esprit, le cœur et les bras, travaillant de concert sous l'œil de la Providence, une sainte harmonie existerait entre la munificence de Dieu et

les ravissements de l'âme humaine. C'est
alors qu'au lieu de la piteuse et affreuse
mort, marchant dans son sillon, le fouet à
la main, le peintre d'allégories pourrait pla-
cer à ses côtés un ange radieux, semant à
pleines mains le blé béni sur le sillon
fumant.

Et le rêve d'une existence douce, libre,
poétique, laborieuse et simple pour
l'homme des champs, n'est pas si difficile à
concevoir qu'on doive le reléguer parmi les
chimères. Le mot triste et doux de Virgile :
« O heureux l'homme des champs s'il
connaissait son bonheur ! » est un regret ;
mais, comme tous les regrets, c'est aussi
une prédiction. Un jour viendra où le
laboureur pourra être aussi un artiste,
sinon pour exprimer (ce qui importera
assez peu alors), du moins pour sentir le
beau. Croit-on que cette mystérieuse intui-
tion de la poésie ne soit pas en lui déjà à
l'état d'instinct et de vague rêverie ? Chez
ceux qu'un peu d'aisance protège dès
aujourd'hui, et chez qui l'excès du malheur
n'étouffe pas tout développement moral et
intellectuel, le bonheur pur, senti et appré-
cié est à l'état élémentaire ; et, d'ailleurs, si
du sein de la douleur et de la fatigue, des
voix de poètes se sont déjà élevées, pourquoi dirait-on que le travail des bras est
exclusif des fonctions de l'âme ? Sans doute
cette exclusion est le résultat général d'un
travail excessif et d'une misère profonde ;
mais qu'on ne dise pas que quand l'homme
travaillera modérément et utilement, il n'y

aura plus que de mauvais ouvriers et de
mauvais poètes. Celui qui puise de nobles
jouissances dans le sentiment de la poèsie
est un vrai poète, n'eût-il pas fait un vers
dans toute sa vie.

Mes pensées avaient pris ce cours, et je
ne m'apercevais pas que cette confiance
dans l'éducabilité de l'homme était fortifiée
en moi par des influences extérieures. Je
marchais sur la lisière d'un champ que des
paysans étaient en train de préparer pour la
semaille prochaine. L'arène était vaste
comme celle du tableau d'Holbein. Le paysage était vaste aussi et encadrait de
grandes lignes de verdure, un peu rougie
aux approches de l'automne, ce large terrain d'un brun vigoureux, où des pluies
récentes avaient laissé, dans quelques sillons, des lignes d'eau que le soleil faisait
briller comme de minces filets d'argent. La
journée était claire et tiède, et la terre, fraî-
chement ouverte par le tranchant des char-
rues, exhalait une vapeur légère. Dans le
haut du champ un vieillard, dont le dos
large et la figure sévère rappelaient celui
d'Holbein, mais dont les vêtements
n'annonçaient pas la misère, poussait gravement son *areau* de forme antique, traîné
par deux bœufs tranquilles, à la robe d'un
jaune pâle, véritables patriarches de la prairie, hauts de taille, un peu maigres, les
cornes longues et rabattues, de ces vieux
travailleurs qu'une longue habitude a ren-
dus *frères*, comme on les appelle dans nos
campagnes, et qui, privés l'un de l'autre, se

refusent au travail avec un nouveau compagnon et se laissent mourir de chagrin. Les
gens qui ne connaissent pas la campagne
taxent de fable l'amitié du bœuf pour son
camarade d'attelage. Qu'ils viennent voir au
fond de l'étable un pauvre animal maigre,
exténué, battant de sa queue inquiète ses
flancs décharnés, soufflant avec effroi et
dédain sur la nourriture qu'on lui présente,
les yeux toujours tournés vers la porte, en
grattant du pied la place vide à ses côtés,
flairant les jougs et les chaînes que son
compagnon a portés, et l'appelant sans
cesse avec de déplorables mugissements. Le
bouvier dira : « C'est une paire de bœufs
perdue ; son frère est mort, et celui-là ne
travaillera plus. Il faudrait pouvoir
l'engraisser pour l'abattre ; mais il ne veut
pas manger, et bientôt il sera mort de
faim. »

Le vieux laboureur travaillait lentement,
en silence, sans efforts inutiles. Son docile
attelage ne se pressait pas plus que lui ;
mais, grâce à la continuité d'un labeur sans
distraction et d'une dépense de forces
éprouvées et soutenues, son sillon était
aussi vite creusé que celui de son fils, qui
menait, à quelque distance, quatre bœufs
moins robustes, dans une veine de terres
plus fortes et plus pierreuses.

Mais ce qui attira ensuite mon attention
était véritablement un beau spectacle, un
noble sujet pour un peintre. A l'autre extré-
mité de la plaine labourable, un jeune
homme de bonne mine conduisait un atte-

lage magnifique : quatre paires de jeunes
animaux à robe sombre mêlée de noir fauve
à reflets de feu, avec ces têtes courtes et
frisées qui sentent encore le taureau sauvage, ces gros yeux farouches, ces mouvements brusques, ce travail nerveux et saccadé qui s'irrite encore du joug et de
l'aiguillon et n'obéit qu'en frémissant de
colère à la domination nouvellement impo-
sée. C'est ce qu'on appelle des bœufs fraî-
chement liés. L'homme qui les gouvernait
avait à défricher un coin naguère aban-
donné au pâturage et rempli de souches
séculaires, travail d'athlète auquel suffi-
saient à peine son énergie, sa jeunesse et
ses huit animaux quasi indomptés.

Un enfant de six à sept ans, beau comme
un ange, et les épaules couvertes, sur sa
blouse, d'une peau d'agneau qui le faisait
ressembler au petit saint Jean-Baptiste des
peintres de la Renaissance, marchait dans
le sillon parallèle à la charrue et piquait le
flanc des bœufs avec une gaule longue et
légère, armée d'un aiguillon peu acéré. Les
fiers animaux frémissaient sous la petite
main de l'enfant, et faisaient grincer les
jougs et les courroies liés à leur front, en
imprimant au timon de violentes secousses.
Lorsqu'une racine arrêtait le soc, le laboureur criait d'une voix puissante, appelant
chaque bête par son nom, mais plutôt pour
calmer que pour exciter ; car les bœufs, irri-
tés par cette brusque résistance, bondis-
saient, creusaient la terre de leurs larges
pieds fourchus, et se seraient jetés de côté

emportant l'areau à travers champs, si, de la voix et de l'aiguillon, le jeune homme n'eût maintenu les quatre premiers, tandis que l'enfant gouvernait les quatre autres. Il criait aussi, le pauvret, d'une voix qu'il voulait rendre terrible et qui restait douce comme sa figure angélique. Tout cela était beau de force ou de grâce : le paysage, l'homme, l'enfant, les taureaux sous le joug ; et, malgré cette lutte puissante où la terre était vaincue, il y avait un sentiment de douceur et de calme profond qui planait sur toutes choses. Quand l'obstacle était surmonté et que l'attelage reprenait sa marche égale et solennelle, le laboureur, dont la feinte violence n'était qu'un exercice de vigueur et une dépense d'activité, reprenait tout à coup la sérénité des âmes simples et jetait un regard de contentement paternel sur son enfant, qui se retournait pour lui sourire. Puis la voix mâle de ce jeune père de famille entonnait le chant solennel et mélancolique que l'antique tradition du pays transmet, non à tous les laboureurs indistinctement, mais aux plus consommés dans l'art d'exciter et de soutenir l'ardeur des bœufs de travail. Ce chant, dont l'origine fut peut-être considérée comme sacrée, et auquel de mystérieuses influences ont dû être attribuées jadis, est réputé encore aujourd'hui posséder la vertu d'entretenir le courage de ces animaux, d'apaiser leurs mécontentements et de charmer l'ennui de leur longue besogne. Il ne suffit pas de savoir bien les conduire en traçant un sillon parfaitement rectiligne, de leur alléger la peine en soulevant ou enfonçant à point le fer dans la terre : on n'est point un parfait laboureur si on ne sait chanter aux bœufs, et c'est là une science à part qui exige un goût et des moyens particuliers.

Ce chant n'est, à vrai dire, qu'une sorte de récitatif interrompu et repris à volonté. Sa forme irrégulière et ses intonations fausses selon les règles de l'art musical le rendent intraduisible. Mais ce n'en est pas moins un beau chant, et tellement approprié à la nature du travail qu'il accompagne, à l'allure du bœuf, au calme des lieux agrestes, à la simplicité des hommes qui le disent, qu'aucun génie étranger au travail de la terre ne l'eût inventé, et qu'aucun chanteur autre qu'un *fin laboureur* de cette contrée ne saurait le redire. Aux époques de l'année où il n'y a pas d'autre travail et d'autre mouvement dans la campagne que celui du labourage, ce chant si doux et si puissant monte comme une voix de la brise, à laquelle sa tonalité particulière donne une certaine ressemblance. La note finale de chaque phrase, tenue et tremblée avec une longueur et une puissance d'haleine incroyable, monte d'un quart de ton en faussant systématiquement. Cela est sauvage, mais le charme en est indicible, et quand on s'est habitué à l'entendre, on ne conçoit pas qu'un autre chant pût s'élever à ces heures et dans ces lieux-là, sans en déranger l'harmonie.

Il se trouvait donc que j'avais sous les yeux un tableau qui contrastait avec celui d'Holbein, quoique ce fût une scène pareille. Au lieu d'un triste vieillard, un homme jeune et dispos ; au lieu d'un attelage de chevaux efflanqués et harassés, un double quadrige de bœufs robustes et ardents ; au lieu de la mort, un bel enfant ; au lieu d'une image de désespoir et d'une idée de destruction, un spectacle d'énergie et une pensée de bonheur.

C'est alors que le quatrain français :

A la sueur de ton visage, etc.

et le *O fortunatos... agricolas* de Virgile me revinrent ensemble à l'esprit, et qu'en voyant ce couple si beau, l'homme et l'enfant, accomplir dans des conditions si poétiques, et avec tant de grâce unie à la force, un travail plein de grandeur et de solennité, je sentis une pitié profonde mêlée à un regret involontaire. Heureux le laboureur ! oui, sans doute, je le serais à sa place, si mon bras, devenu tout d'un coup robuste, et ma poitrine devenue puissante, pouvaient ainsi féconder et chanter la nature, sans que mes yeux cessassent de voir et mon cerveau de comprendre l'harmonie des couleurs et des sons, la finesse des tons et la grâce des contours, en un mot la beauté mystérieuse des choses ! et surtout sans que mon cœur cessait d'être en relation avec le sentiment divin qui a présidé à la création immortelle et sublime.

Mais, hélas ! cet homme n'a jamais compris le mystère du beau, cet enfant ne le comprendra jamais !... Dieu me préserve de croire qu'ils ne soient pas supérieurs aux animaux qu'ils dominent, et qu'ils n'aient pas par instants une sorte de révélation extatique qui charme leur fatigue et endort leurs soucis ! Je vois sur leurs nobles fronts le sceau du Seigneur, car ils sont nés rois de la terre bien mieux que ceux qui la possèdent pour l'avoir payée. Et la preuve qu'ils le sentent, c'est qu'on ne les dépayserait pas impunément, c'est qu'ils aiment ce sol arrosé de leurs sueurs, c'est que le vrai paysan meurt de nostalgie sous le harnais du soldat, loin du champ qui l'a vu naître. Mais il manque à cet homme une partie des jouissances que je possède, jouissances immatérielles qui lui seraient bien dues, à lui, l'ouvrier du vaste temple que le ciel est assez vaste pour embrasser. Il lui manque la connaissance de son sentiment. Ceux qui l'ont condamné à la servitude dès le ventre de sa mère, ne pouvant lui ôter la rêverie, lui ont ôté la réflexion.

Eh bien ! tel qu'il est, incomplet et condamné à une éternelle enfance, il est encore plus beau que celui chez qui la science a étouffé le sentiment. Ne vous élevez pas au-dessus de lui, vous autres qui vous croyez investis du droit légitime et imprescriptible de lui commander, car cette erreur effroyable où vous êtes prouve que votre esprit a tué votre cœur, et que vous êtes les plus incomplets et les plus

aveugles des hommes !... J'aime encore
mieux cette simplicité de son âme que les
fausses lumières de la vôtre ; et si j'avais à
raconter sa vie, j'aurais plus de plaisir à en
faire ressortir les côtés doux et touchants,
que vous n'avez de mérite à peindre l'abjection où les rigueurs et les mépris de vos
préceptes sociaux peuvent le précipiter.

Je connaissais ce jeune homme et ce bel
enfant, je savais leur histoire, car ils avaient
une histoire, tout le monde a la sienne, et
chacun pourrait intéresser au roman de sa
propre vie, s'il l'avait compris... Quoique
paysan et simple laboureur, Germain s'était
rendu compte de ses devoirs et de ses affec-
tions. Il me les avait racontés naïvement,
clairement, et je l'avais écouté avec intérêt.
Quand je l'eus regardé labourer assez longtemps, je me demandai pourquoi son histoire ne serait pas écrite, quoique ce fût une
histoire aussi simple, aussi droite et aussi
peu ornée que le sillon qu'il traçait avec sa
charrue.

L'année prochaine, ce sillon sera comblé
et couvert par un sillon nouveau. Ainsi
s'imprime et disparaît la trace de la plupart
des hommes dans le champ de l'humanité.
Un peu de terre l'efface, et les sillons que
nous avons creusés se succèdent les uns
aux autres comme les tombes dans le cimetière. Le sillon du laboureur ne vaut-il pas
celui de l'oisif, qui a pourtant un nom, un
nom qui restera, si, par une singularité ou
une absurdité quelconque, il fait un peu de
bruit dans le monde ?...

Eh bien ! arrachons, s'il se peut, au néant de l'oubli, le sillon de Germain, le *fin laboureur*. Il n'en saura rien et ne s'en inquiétera guère ; mais j'aurai eu quelque plaisir à le tenter.

III

LE PÈRE MAURICE

— Germain, lui dit un jour son beau-père, il faut pourtant te décider à reprendre femme. Voilà bientôt deux ans que tu es veuf de ma fille, et ton aîné a sept ans. Tu approches de la trentaine, mon garçon, et tu sais que, passé cet âge-là, dans nos pays, un homme est réputé trop vieux pour entrer en ménage. Tu as trois beaux enfants, et jusqu'ici ils ne nous ont point embarrassés. Ma femme et ma bru les ont soignés de leur mieux, et les ont aimés comme elles le devaient. Voilà Petit-Pierre quasi élevé ; il pique déjà les bœufs assez gentiment ; il est assez sage pour garder les bêtes au pré, et assez fort pour mener les chevaux à l'abreuvoir. Ce n'est donc pas celui-là qui nous gêne ; mais les deux autres, que nous aimons pourtant, Dieu le sait, les pauvres innocents nous donnent cette année beaucoup de souci. Ma bru est près d'accoucher et elle en a encore un tout petit sur les bras. Quand celui que nous attendons sera venu, elle ne pourra plus s'occuper de ta petite Solange, et surtout de ton Sylvain, qui n'a pas quatre ans et qui ne

se tient guère en repos ni le jour ni la nuit.
C'est un sang vif comme toi : ça fera un bon
ouvrier, mais ça fait un terrible enfant, et
ma vieille ne court plus assez vite pour le
rattraper quand il se sauve du côté de la
fosse, ou quand il se jette sous les pieds des
bêtes. Et puis, avec cet autre que ma bru va
mettre au monde, son avant-dernier va
retomber pendant un an au moins sur les
bras de ma femme. Donc tes enfants nous
inquiètent et nous surchargent. Nous
n'aimons pas à voir des enfants mal soignés ; et quand on pense aux accidents qui
peuvent leur arriver, faute de surveillance,
on n'a pas la tête en repos. Il te faut donc
une autre femme et à moi une autre bru.
Songes-y, mon garçon. Je t'ai déjà averti
plusieurs fois, le temps se passe, les années
ne t'attendront point. Tu dois à tes enfants
et à nous autres, qui voulons que tout aille
bien dans la maison, de te marier au plus
tôt.

— Eh bien, mon père, répondit le
gendre, si vous le voulez absolument, il faudra donc vous contenter. Mais je ne veux
pas vous cacher que cela me fera beaucoup
de peine, et que je n'en ai guère plus d'envie
que de me noyer. On sait qui on perd et on
ne sait pas qui l'on trouve. J'avais une brave
femme, une belle femme, douce, courageuse, bonne à ses père et mère, bonne à
son mari, bonne à ses enfants, bonne au
travail, aux champs comme à la maison,
adroite à l'ouvrage, bonne à tout enfin ; et
quand vous me l'avez donnée, quand je l'ai

prise, nous n'avions pas mis dans nos conditions que je viendrais à l'oublier si j'avais le malheur de la perdre.

— Ce que tu dis là est d'un bon cœur, Germain, reprit le père Maurice ; je sais que tu as aimé ma fille, que tu l'as rendue heureuse, et que si tu avais pu contenter la mort en passant à sa place, Catherine serait en vie à l'heure qu'il est, et toi dans le cimetière. Elle méritait bien d'être aimée de toi à ce point-là, et si tu ne t'en consoles pas, nous ne nous en consolons pas non plus. Mais je ne te parle pas de l'oublier. Le bon Dieu a voulu qu'elle nous quittât, et nous ne passons pas un jour sans lui faire savoir par nos prières, nos pensées, nos paroles et nos actions, que nous respectons son souvenir et que nous sommes fâchés de son départ. Mais si elle pouvait te parler de l'autre monde et te donner à connaître sa volonté, elle te commanderait de chercher une mère pour ses petits orphelins. Il s'agit donc de rencontrer une femme qui soit digne de la remplacer. Ce ne sera pas bien aisé ; mais ce n'est pas impossible ; et quand nous te l'aurons trouvée, tu l'aimeras comme tu aimais ma fille, parce que tu es un honnête homme, et que tu lui sauras gré de nous rendre service et d'aimer tes enfants.

— C'est bien, père Maurice, dit Germain, je ferai votre volonté comme je l'ai toujours faite.

— C'est une justice à te rendre, mon fils, que tu as toujours écouté l'amitié et les bonnes raisons de ton chef de famille. Avi-

sons donc ensemble au choix de ta nouvelle
femme. D'abord je ne suis pas d'avis que tu
prennes une jeunesse. Ce n'est pas ce qu'il
te faut. La jeunesse est légère ; et comme
c'est un fardeau d'élever trois enfants, surtout quand ils sont d'un autre lit, il faut une
bonne âme bien sage, bien douce et très
portée au travail. Si ta femme n'a pas envi-
ron le même âge que toi, elle n'aura pas
assez de raison pour accepter un pareil
devoir. Elle te trouvera trop vieux et tes
enfants trop jeunes. Elle se plaindra et tes
enfants pâtiront.

— Voilà justement ce qui m'inquiète, dit
Germain. Si ces pauvres petits venaient à
être maltraités, haïs, battus ?

— A Dieu ne plaise ! reprit le vieillard.
Mais les méchantes femmes sont plus rares
dans notre pays que les bonnes, et il faudrait être fou pour ne pas mettre la main
sur celle qui convient.

— C'est vrai, mon père : il y a de bonnes
filles dans notre village. Il y a la Louise, la
Sylvaine, la Claudie, la Marguerite... enfin,
celle que vous voudrez.

— Doucement, doucement, mon garçon,
toutes ces filles-là sont trop jeunes ou trop
pauvres... ou trop jolies filles ; car, enfin, il
faut penser à cela aussi, mon fils. Une jolie
femme n'est pas toujours aussi rangée
qu'une autre.

— Vous voulez donc que j'en prenne une
laide ? dit Germain un peu inquiet.

— Non, point laide, car cette femme te
donnera d'autres enfants, et il n'y a rien de

si triste que d'avoir des enfants laids, ché-
tifs, et malsains. Mais une femme encore
fraîche, d'une bonne santé et qui ne soit ni
belle ni laide, ferait très bien ton affaire.

— Je vois bien, dit Germain en souriant
un peu tristement, que, pour l'avoir telle
que vous la voulez, il faudra la faire faire
exprès : d'autant plus que vous ne la voulez
point pauvre, et que les riches ne sont pas
faciles à obtenir surtout pour un veuf.

— Et si elle était veuve elle-même, Germain ? là, une veuve sans enfants et avec un
bon bien ?

— Je n'en connais pas pour le moment
dans notre paroisse.

— Ni moi non plus, mais il y en a ailleurs.

— Vous avez quelqu'un en vue, mon
père ; alors, dites-le tout de suite.

IV

GERMAIN LE FIN LABOUREUR

— Oui, j'ai quelqu'un en vue, répondit le
père Maurice. C'est une Léonard, veuve
d'un Guérin, qui demeure à Fourche.

— Je ne connais ni la femme ni l'endroit,
répondit Germain résigné, mais de plus en
plus triste.

— Elle s'appelle Catherine, comme ta
défunte.

— Catherine ? Oui, ça me fera plaisir
d'avoir à dire ce nom-là : Catherine ! Et
pourtant, si je ne peux pas l'aimer autant
que l'autre, ça me fera encore plus de peine,
ça me la rappellera plus souvent.

— Je te dis que tu l'aimeras : c'est un bon
sujet, une femme de grand cœur ; je ne l'ai
pas vue depuis longtemps, elle n'était pas
laide fille alors ; mais elle n'est plus jeune,
elle a trente-deux ans. Elle est d'une bonne
famille, tous braves gens, et elle a bien pour
huit ou dix mille francs de terres, qu'elle
vendrait volontiers pour en acheter d'autres
dans l'endroit où elle s'établirait ; car elle
songe aussi à se remarier, et je sais que, si
ton caractère lui convenait, elle ne trouverait pas ta position mauvaise.

— Vous avez donc déjà arrangé tout cela ?

— Oui, sauf votre avis à tous les deux ; et c'est ce qu'il faudrait vous demander l'un à l'autre, en faisant connaissance. Le père de cette femme-là est un peu mon parent, et il a été beaucoup mon ami. Tu le connais bien, le père Léonard ?

— Oui, je l'ai vu vous parler dans les foires, et à la dernière, vous avez déjeuné ensemble ; c'est donc de cela qu'il vous entretenait si longuement ?

— Sans doute ; il te regardait vendre tes bêtes et il trouvait que tu t'y prenais bien, que tu étais un garçon de bonne mine, que tu paraissais actif et entendu ; et quand je lui eus dit tout ce que tu es et comme tu te conduis bien avec nous, depuis huit ans que nous vivons et travaillons ensemble, sans avoir jamais eu un mot de chagrin ou de colère, il s'est mis dans la tête de te faire épouser sa fille ; ce qui me convient aussi, je te le confesse, d'après la bonne renommée qu'elle a, d'après l'honnêteté de sa famille et les bonnes affaires où je sais qu'ils sont.

— Je vois, père Maurice, que vous tenez un peu aux bonnes affaires.

— Sans doute, j'y tiens. Est-ce que tu n'y tiens pas aussi ?

— J'y tiens si vous voulez, pour vous faire plaisir ; mais vous savez que, pour ma part, je ne m'embarrasse jamais de ce qui me revient ou de ce qui ne me revient pas dans nos profits. Je ne m'entends pas à faire des partages, et ma tête n'est pas bonne pour ces choses-là. Je connais la terre, je connais les bœufs, les chevaux, les attelages, les semences, la battaison, les fourrages. Pour les moutons, la vigne, le jardinage, les menus profits et la culture fine, vous savez que ça regarde votre fils et que je ne m'en mêle pas beaucoup. Quant à l'argent, ma mémoire est courte, et j'aimerais mieux tout céder que de disputer sur le tien et le mien. Je craindrais de me tromper et de réclamer ce qui ne m'est pas dû, et si les affaires n'étaient pas simples et claires, je ne m'y retrouverais jamais.

— C'est tant pis, mon fils, et voilà pourquoi j'aimerais que tu eusses une femme de tête pour me remplacer quand je n'y serai plus. Tu n'as jamais voulu voir clair dans nos comptes, et ça pourrait t'amener du désagrément avec mon fils, quand vous ne m'aurez plus pour vous mettre d'accord et vous dire ce qui vous revient à chacun.

— Puissiez-vous vivre longtemps, père Maurice ! Mais ne vous inquiétez pas de ce qui sera après vous ; jamais je ne me disputerai avec votre fils. Je me fie à Jacques comme à vous-même, et comme je n'ai pas de bien à moi, que tout ce qui peut me revenir provient de votre fille et appartient à nos enfants, je peux être tranquille et vous aussi ; Jacques ne voudrait pas dépouiller les enfants de sa sœur pour les siens, puisqu'il les aime quasi autant les uns que les autres.

— Tu as raison en cela, Germain.

Jacques est un bon fils, un bon frère, et un homme qui aime la vérité. Mais Jacques peut mourir avant toi, avant que vos enfants soient élevés, et il faut toujours songer, dans une famille, à ne pas laisser des mineurs sans un chef pour les bien conseiller et régler leurs différends. Autrement les gens de loi s'en mêlent, les brouillent ensemble et leur font tout manger en procès. Ainsi donc, nous ne devons pas penser à mettre chez nous une personne de plus, soit homme, soit femme, sans nous dire qu'un jour cette personne-là aura peut-être à diriger la conduite et les affaires d'une trentaine d'enfants, petits-enfants, gendres et brus... On ne sait pas combien une famille peut s'accroître, et quand la ruche est trop pleine, qu'il faut essaimer, chacun songe à emporter son miel. Quand je t'ai pris pour gendre, quoique ma fille fût riche et toi pauvre, je ne lui ai pas fait reproche de t'avoir choisi. Je te voyais bon travailleur, et je savais bien que la meilleure richesse pour des gens de campagne comme nous, c'est une paire de bras et un cœur comme les tiens. Quand un homme apporte cela dans une famille, il apporte assez. Mais une femme, c'est différent : son travail dans la maison est bon pour conserver, non pour acquérir. D'ailleurs, à présent que tu es père et que tu cherches femme, il faut songer que tes nouveaux enfants, n'ayant rien à prétendre dans l'héritage de ceux du premier lit, se trouveraient dans la misère si tu venais à mourir, à moins que ta femme n'eût quelque bien de son côté. Et puis, les enfants dont tu vas augmenter notre colonie coûteront quelque chose à nourrir. Si cela retombait sur nous seuls, nous les nourririons, bien certainement, et sans nous en plaindre ; mais le bien-être de tout le monde en serait diminué, et les premiers enfants auraient leur part de privations là-dedans. Quand les familles augmentent outre mesure sans que le bien augmente en proportion, la misère vient, quelque courage qu'on y mette. Voilà mes observations, Germain, pèse-les, et tâche de te faire agréer à la veuve Guérin ; car sa bonne conduite et ses écus apporteront ici de l'aide dans le présent et de la tranquillité pour l'avenir.

— C'est dit, mon père. Je vais tâcher de lui plaire et qu'elle me plaise.

— Pour cela il faut la voir et aller la trouver.

— Dans son endroit ? A Fourche ? C'est loin d'ici, n'est-ce pas ? et nous n'avons guère le temps de courir dans cette saison.

— Quand il s'agit d'un mariage d'amour, il faut s'attendre à perdre du temps ; mais quand c'est un mariage de raison entre deux personnes qui n'ont pas de caprices et savent ce qu'elles veulent, c'est bientôt décidé. C'est demain samedi ; tu feras ta journée de labour un peu courte, tu partiras vers les deux heures après dîner ; tu seras à Fourche à la nuit ; la lune est grande dans ce moment-ci, les chemins sont bons, et il n'y a pas plus de trois lieues de pays. C'est près du Magnier. D'ailleurs tu prendras la jument.

— J'aimerais autant aller à pied, par ce temps frais.

— Oui, mais la jument est belle, et un prétendu qui arrive aussi bien monté à meilleur air. Tu mettras tes habits neufs, et tu porteras un joli présent de gibier au père Léonard. Tu arriveras de ma part, tu causeras avec lui, tu passeras la journée du dimanche avec sa fille, et tu reviendras avec un oui ou un non lundi matin.

— C'est entendu, répondit tranquillement Germain ; et pourtant il n'était pas tout à fait tranquille.

Germain avait toujours vécu sagement comme vivent les paysans laborieux. Marié à vingt ans, il n'avait aimé qu'une femme dans sa vie, et, depuis son veuvage, quoiqu'il fût d'un caractère impétueux et enjoué, il n'avait ri et folâtré avec aucune autre. Il avait porté fidèlement un véritable regret dans son cœur, et ce n'était pas sans crainte et sans tristesse qu'il cédait à son beau-père ; mais le beau-père avait toujours gouverné sagement la famille, et Germain, qui s'était dévoué tout entier à l'œuvre commune, et, par conséquent, à celui qui la personnifiait, au père de famille, Germain ne comprenait pas qu'il eût pu se révolter contre de bonnes raisons, contre l'intérêt de tous.

Néanmoins il était triste. Il se passait peu de jours qu'il ne pleurât sa femme en secret, et, quoique la solitude commençât à lui

peser, il était plus effrayé de former une
union nouvelle que désireux de se soustraire à son chagrin. Il se disait vaguement
que l'amour eût pu le consoler, en venant le
surprendre, car l'amour ne console pas
autrement. On ne le trouve pas quand on le
cherche ; il vient à nous quand nous ne
l'attendons pas. Ce froid projet de mariage
que lui montrait le père Maurice, cette fiancée inconnue, peut-être même tout ce bien
qu'on lui disait de sa raison et de sa vertu,
lui donnaient à penser. Et il s'en allait, son-
geant, comme songent les hommes qui
n'ont pas assez d'idées pour qu'elles se
combattent entre elles, c'est-à-dire ne se
formulant pas à lui-même de belles raisons
de résistance et d'égoïsme, mais souffrant
d'une douleur sourde, et ne luttant pas
contre un mal qu'il fallait accepter.

Cependant, le père Maurice était rentré à
la métairie, tandis que Germain, entre le
coucher du soleil et la nuit, occupait la
dernière heure du jour à fermer les brèches
que les moutons avaient faites à la bordure
d'un enclos voisin des bâtiments. Il relevait
les tiges d'épine et les soutenait avec des
mottes de terre, tandis que les grives babil-
laient dans le buisson voisin et semblaient
lui crier de se hâter, curieuses qu'elles
étaient de venir examiner son ouvrage aussitôt qu'il serait parti.

V

LA GUILLETTE

Le père Maurice trouva chez lui une vieille voisine qui était venue causer avec sa femme tout en cherchant de la braise pour allumer son feu. La mère Guillette habitait une chaumière fort pauvre à deux portées de fusil de la ferme. Mais c'était une femme d'ordre et de volonté. Sa pauvre maison était propre et bien tenue, et ses vêtements rapiécés avec soin annonçaient le respect de soi-même au milieu de la détresse.

— Vous êtes venue chercher le feu du soir, mère Guillette, lui dit le vieillard. Voulez-vous quelque autre chose ?

— Non, père Maurice, répondit-elle ; rien pour le moment. Je ne suis pas quémandeuse, vous le savez, et je n'abuse pas de la bonté de mes amis.

— C'est la vérité ; aussi vos amis sont toujours prêts à vous rendre service.

— J'étais en train de causer avec votre femme, et je lui demandais si Germain se décidait enfin à se remarier.

— Vous n'êtes point une bavarde, répondit le père Maurice, on peut parler devant vous sans craindre les propos : ainsi je dirai

à ma femme et à vous que Germain est tout
à fait décidé ; il part demain pour le
domaine de Fourche.

— A la bonne heure ! s'écria la mère
Maurice ; ce pauvre enfant ! Dieu veuille
qu'il trouve une femme aussi bonne et aussi
brave que lui !

— Ah ! il va à Fourche ? observa la Guillette. Voyez comme ça se trouve ! cela
m'arrange beaucoup, et puisque vous me
demandiez tout à l'heure si je désirais quelque chose, je vas vous dire, père Maurice,
en quoi vous pouvez m'obliger.

— Dites, dites, vous obliger, nous le voulons.

— Je voudrais que Germain prît la peine
d'emmener ma fille avec lui.

— Où donc ? à Fourche ?

— Non, pas à Fourche ; mais aux
Ormeaux, où elle va rester le reste de
l'année.

— Comment ! dit la mère Maurice, vous
vous séparez de votre fille ?

— Il faut bien qu'elle entre en condition
et qu'elle gagne quelque chose. Ça me fait
assez de peine et à elle aussi, la pauvre
âme ! Nous n'avons pas pu nous décider à
nous quitter à l'époque de la Saint-Jean ;
mais voilà que la Saint-Martin arrive, et
qu'elle trouve une bonne place de bergère
dans les fermes des Ormeaux. Le fermier
passait l'autre jour par ici en revenant de la
foire. Il vit ma petite Marie qui gardait ses
trois moutons sur le communal. « Vous
n'êtes guère occupée, ma petite fille, qu'il

lui dit ; et trois moutons pour une *pastoure*, ce n'est guère. Voulez-vous en garder cent ? je vous emmène. La bergère de chez nous est tombée malade, elle retourne chez ses parents, et si vous voulez être chez nous avant huit jours, vous aurez cinquante francs pour le reste de l'année jusqu'à la Saint-Jean. » L'enfant a refusé, mais elle n'a pu se défendre d'y songer et de me le dire lorsqu'en rentrant le soir elle m'a vue triste et embarrassée de passer l'hiver, qui va être rude et long, puisqu'on a vu, cette année, les grues et les oies sauvages traverser les airs un grand mois plus tôt que de coutume. Nous avons pleuré toutes deux ; mais enfin le courage est venu. Nous nous sommes dit que nous ne pouvions pas rester ensemble, puisqu'il y a à peine de quoi faire vivre une seule personne sur notre lopin de terre ; et puisque Marie est en âge (la voilà qui prend seize ans), il faut bien qu'elle fasse comme les autres, qu'elle gagne son pain et qu'elle aide sa pauvre mère.

— Mère Guillette, dit le vieux laboureur, s'il ne fallait que cinquante francs pour vous consoler de vos peines et vous dispenser d'envoyer votre enfant au loin, vrai, je vous les ferais trouver, quoique cinquante francs pour des gens comme nous ça commence à peser. Mais en toutes choses il faut consulter la raison autant que l'amitié. Pour être sauvée de la misère de cet hiver, vous ne le serez pas de la misère à venir, et plus votre fille tardera à prendre un parti, plus elle et vous aurez de peine à vous quitter. La petite Marie se fait grande et forte, et elle n'a pas de quoi s'occuper chez vous. Elle pourrait y prendre l'habitude de la fainéantise...

— Oh ! pour cela, je ne le crains pas, dit la Guillette. Marie est courageuse autant que fille riche et à la tête d'un gros travail puisse l'être. Elle ne reste pas un instant les bras croisés, et quand nous n'avons pas d'ouvrage, elle nettoie et frotte nos pauvres meubles qu'elle rend clairs comme des miroirs. C'est une enfant qui vaut son pesant d'or, et j'aurais bien mieux aimé qu'elle entrât chez vous comme bergère que d'aller si loin chez des gens que je ne connais pas. Vous l'auriez prise à la Saint-Jean, si nous avions su nous décider ; mais à présent vous avez loué tout votre monde, et ce n'est qu'à la Saint-Jean de l'autre année que nous pourrons y songer.

— Eh ! j'y consens de tout mon cœur, Guillette ! Cela me fera plaisir. Mais en attendant, elle fera bien d'apprendre un état et de s'habituer à servir les autres.

— Oui, sans doute ; le sort en est jeté. Le fermier des Ormeaux l'a fait demander ce matin ; nous avons dit oui, et il faut qu'elle parte. Mais la pauvre enfant ne sait pas le chemin, et je n'aimerais pas à l'envoyer si loin toute seule. Puisque votre gendre va à Fourche demain, il peut bien l'emmener. Il paraît que c'est tout à côté du domaine où elle va, à ce qu'on m'a dit ; car je n'ai jamais fait ce voyage-là.

— C'est tout à côté, et mon gendre la
conduira. Cela se doit ; il pourra même la
prendre en croupe sur la jument, ce qui
ménagera ses souliers. Le voilà qui rentre
pour souper. Dis-moi, Germain, la petite
Marie à la mère Guillette s'en va bergère
aux Ormeaux. Tu la conduiras sur ton cheval, n'est-ce pas ?

— C'est bien, répondit Germain qui était
soucieux mais toujours disposé à rendre
service à son prochain.

Dans notre monde à nous, pareille chose
ne viendrait pas à la pensée d'une mère, de
confier une fille de seize ans à un homme
de vingt-huit ; car Germain n'avait réellement que vingt-huit ans ; et quoique, selon
les idées de son pays, il passât pour vieux
au point de vue mariage, il était encore le
plus bel homme de l'endroit. Le travail ne
l'avait pas creusé et flétri comme la plupart
des paysans qui ont dix années de labourage sur la tête. Il était de force à labourer
encore dix ans sans paraître vieux, et il eût
fallu que le préjugé de l'âge fût bien fort sur
l'esprit d'une jeune fille pour l'empêcher de
voir que Germain avait le teint frais, l'œil
vif et bleu comme le ciel de mai, la bouche
rose, des dents superbes, le corps élégant et
souple comme celui d'un jeune cheval qui
n'a pas encore quitté le pré.

Mais la chasteté des mœurs est une tradition sacrée dans certaines campagnes éloi-
gnées du mouvement corrompu des
grandes villes, et, entre toutes les familles
de Belair, la famille de Maurice était répu-

tée honnête et servant la vérité. Germain
s'en allait chercher femme ; Marie était une
enfant trop jeune et trop pauvre pour qu'il y
songeât dans cette vue, et, à moins d'être un
sans cœur et un *mauvais homme*, il était
impossible qu'il eût une coupable pensée
auprès d'elle. Le père Maurice ne fut donc
nullement inquiet de lui voir prendre en
croupe cette jolie fille ; la Guillette eût cru
lui faire injure si elle lui eût recommandé
de la respecter comme sa sœur ; Marie
monta sur la jument en pleurant, après
avoir vingt fois embrassé sa mère et ses
jeunes amies. Germain, qui était triste pour
son compte, compatissait d'autant plus à
son chagrin, et s'en alla d'un air sérieux,
tandis que les gens du voisinage disaient
adieu de la main à la pauvre Marie sans
songer à mal.

VI

PETIT-PIERRE

La Grise était jeune, belle et vigoureuse.
Elle portait sans effort son double fardeau,
couchant les oreilles et rongeant son frein,
comme une fière et ardente jument qu'elle
était. En passant devant le pré-long elle
aperçut sa mère, qui s'appelait la vieille
Grise, comme elle la jeune Grise, et elle
hennit en signe d'adieu. La vieille Grise
approcha de la haie en faisant résonner ses
enferges, essaya de galoper sur la marge du
pré pour suivre sa fille ; puis, la voyant
prendre le grand trot, elle hennit à son tour,
et resta pensive, inquiète, le nez au vent, la
bouche pleine d'herbes qu'elle ne songeait
plus à manger.

— Cette pauvre bête connaît toujours sa
progéniture, dit Germain pour distraire la
petite Marie de son chagrin. Ça me fait
penser que je n'ai pas embrassé mon Petit-
Pierre avant de partir. Le mauvais enfant
n'était pas là ! Il voulait, hier au soir, me
faire promettre de l'emmener, et il a pleuré
pendant une heure dans son lit. Ce matin,
encore, il a tout essayé pour me persuader.
Oh ! qu'il est adroit et câlin ! mais quand il

a vu que ça ne se pouvait pas, monsieur
s'est fâché : il est parti dans les champs, et
je ne l'ai pas revu de la journée.

— Moi, je l'ai vu, dit la petite Marie en
faisant un effort pour rentrer ses larmes. Il
courait avec les enfants de Soulas du côté
des tailles, et je me suis bien doutée qu'il
était hors de la maison depuis longtemps,
car il avait faim et mangeait des prunelles
et des mûres de buisson. Je lui ai donné le
pain de mon goûter, et il m'a dit : Merci, ma
Marie mignonne : quand tu viendras chez
nous, je te donnerai de la galette. C'est un
enfant trop gentil que vous avez là, Germain !

— Oui, qu'il est gentil, reprit le laboureur, et je ne sais pas ce que je ne ferais pas
pour lui ! Si sa grand-mère n'avait pas eu
plus de raison que moi, je n'aurais pas pu
me tenir de l'emmener, quand je le voyais
pleurer si fort que son pauvre petit cœur en
était tout gonflé.

— Eh bien ! pourquoi ne l'auriez-vous
pas emmené, Germain ? Il ne vous aurait
guère embarrassé ; il est si raisonnable
quand on fait sa volonté !

— Il paraît qu'il aurait été de trop là où
je vais. Du moins c'était l'avis du père Maurice... Moi, pourtant, j'aurais pensé qu'au
contraire il fallait voir comment on le rece-
vrait, et qu'un si gentil enfant ne pouvait
qu'être pris en bonne amitié... Mais ils
disent à la maison qu'il ne faut pas
commencer par faire voir les charges du
ménage... Je ne sais pas pourquoi je te parle
de ça, petite Marie ; tu n'y comprends rien.

— Si fait, Germain ; je sais que vous allez vous marier ; ma mère me l'a dit, en me recommandant de n'en parler à personne, ni chez nous, ni là où je vais, et vous pouvez être tranquille : je n'en dirai mot.

— Tu feras bien, car ce n'est pas fait ; peut-être que je ne conviendrai pas à la femme en question.

— Il faut espérer que si, Germain. Pourquoi donc ne lui conviendrez-vous pas ?

— Qui sait ? J'ai trois enfants, et c'est lourd pour une femme qui n'est pas leur mère !

— C'est vrai, mais vos enfants ne sont pas comme d'autres enfants.

— Crois-tu ?

— Ils sont beaux comme des petits anges, et si bien élevés qu'on n'en peut pas voir de plus aimables.

— Il y a Sylvain qui n'est pas trop commode.

— Il est tout petit ! il ne peut pas être autrement que terrible, mais il a tant d'esprit !

— C'est vrai qu'il a de l'esprit : et un courage ! Il ne craint ni vaches, ni taureaux, et si on le laissait faire, il grimperait déjà sur les chevaux avec son aîné.

— Moi, à votre place, j'aurais amené l'aîné. Bien sûr ça vous aurait fait aimer tout de suite, d'avoir un enfant si beau !

— Oui, si la femme aime les enfants ; mais si elle ne les aime pas !

— Est-ce qu'il y a des femmes qui n'aiment pas les enfants ?

— Pas beaucoup, je pense ; mais enfin il y en a, et c'est là ce qui me tourmente.

— Vous ne la connaissez donc pas du tout cette femme ?

— Pas plus que toi, et je crains de ne pas la mieux connaître, après que je l'aurai vue. Je ne suis pas méfiant, moi. Quand on me dit de bonnes paroles, j'y crois : mais j'ai été plus d'une fois à même de m'en repentir, car les paroles ne sont pas des actions.

— On dit que c'est une fort brave femme.

— Qui dit cela ? le père Maurice !

— Oui, votre beau-père.

— C'est fort bien : mais il ne la connaît pas non plus.

— Eh bien, vous la verrez tantôt, vous ferez grande attention, et il faut espérer que vous ne vous tromperez pas, Germain.

— Tiens, petite Marie, je serais bien aise que tu entres un peu dans la maison, avant de t'en aller tout droit aux Ormeaux : tu es fine, toi, tu as toujours montré de l'esprit, et tu fais attention à tout. Si tu vois quelque chose qui te donne à penser, tu m'en avertiras tout doucement.

— Oh ! non, Germain, je ne ferai pas cela ! je craindrais trop de me tromper ; et, d'ailleurs, si une parole dite à la légère venait à vous dégoûter de ce mariage, vos parents m'en voudraient, et j'ai bien assez de chagrins comme ça, sans en attirer d'autres sur ma pauvre chère femme de mère.

Comme ils devisaient ainsi, la Grise fit un écart en dressant les oreilles, puis revint sur ses pas et se rapprocha du buisson, où quelque chose qu'elle commençait à reconnaître l'avait d'abord effrayée. Germain jeta un regard sur le buisson, et vit dans le fossé, sous les branches épaisses et encore fraîches d'un têteau de chêne, quelque chose qu'il prit pour un agneau.

— C'est une bête égarée, dit-il, ou morte, car elle ne bouge. Peut-être que quelqu'un la cherche ; il faut voir !

— Ce n'est pas une bête, s'écria la petite Marie : c'est un enfant qui dort ; c'est votre Petit-Pierre.

— Par exemple ! dit Germain en descendant de cheval : voyez ce petit garnement qui dort là, si loin de la maison, et dans un fossé où quelque serpent pourrait bien le trouver !

Il prit dans ses bras l'enfant qui lui sourit en ouvrant les yeux et jeta ses bras autour de son cou en lui disant : Mon petit père, tu vas m'emmener avec toi !

— Ah oui ! toujours la même chanson ! Que faisiez-vous là, mauvais Pierre ?

— J'attendais mon petit père à passer, dit l'enfant ; je regardais sur le chemin, et à force de regarder, je me suis endormi.

— Et si j'étais passé sans te voir, tu serais resté toute la nuit dehors, et le loup t'aurait mangé !

— Oh ! je savais bien que tu me verrais ! répondit Petit-Pierre avec confiance.

— Eh bien, à présent, mon Pierre, embrasse-moi, dis-moi adieu, et retourne vite à la maison, si tu ne veux pas qu'on soupe sans toi.

— Tu ne veux donc pas m'emmener ! s'écria le petit en commençant à frotter ses yeux pour montrer qu'il avait dessein de pleurer.

— Tu sais bien que grand-père et grand-mère ne le veulent pas, dit Germain, se retranchant derrière l'autorité des vieux parents, comme un homme qui ne compte guère sur la sienne propre.

Mais l'enfant n'entendit rien. Il se prit à pleurer tout de bon, disant que, puisque son père emmenait la petite Marie, il pouvait bien l'emmener aussi. On lui objecta qu'il fallait passer les grands bois, qu'il y avait là beaucoup de méchantes bêtes qui mangeaient les petits enfants, que la Grise ne voulait pas porter trois personnes, qu'elle l'avait déclaré en partant, et que dans le pays où l'on se rendait, il n'y avait ni lit ni souper pour les marmots. Toutes ces excellentes raisons ne persuadèrent point Petit-Pierre ; il se jeta sur l'herbe, et s'y roula, en criant que son petit père ne l'aimait plus, et que s'il ne l'emmenait pas, il ne rentrerait point du jour ni de la nuit à la maison.

Germain avait un cœur de père aussi tendre et aussi faible que celui d'une femme. La mort de la sienne, les soins qu'il avait été forcé de rendre seul à ses petits, aussi la pensée que ces pauvres enfants sans mère avaient besoin d'être beaucoup aimés, avaient contribué à le rendre ainsi, et il se fit en lui un si rude combat, d'autant plus qu'il rougissait de sa faiblesse et s'efforçait de cacher son malaise à la petite Marie, que la sueur lui en vint au front et que ses yeux se bordèrent de rouge, prêts à pleurer aussi. Enfin il essaya de se mettre en colère ; mais, en se retournant vers la petite Marie, comme pour la prendre à témoin de sa fermeté d'âme, il vit que le visage de cette bonne fille était baigné de larmes, et tout son courage l'abandonnant, il lui fut impossible de retenir les siennes, bien qu'il grondât et menaçât encore.

— Vrai,vous avez le cœur trop dur, lui dit enfin la petite Marie, et, pour ma part, je ne pourrai jamais résister comme cela à un enfant qui a un si gros chagrin. Voyons, Germain, emmenez-le. Votre jument est bien habituée à porter deux personnes et un enfant, à preuve que votre beau-frère et sa femme, qui est plus lourde que moi de beaucoup, vont au marché le samedi avec leur garçon, sur le dos de cette bonne bête. Vous le mettrez à cheval devant vous, et d'ailleurs j'aime mieux m'en aller toute seule à pied que de faire de la peine à ce petit.

— Qu'à cela ne tienne, répondit Germain, qui mourait d'envie de se laisser convaincre. La Grise est forte et en porterait deux de plus, s'il y avait place sur son échine. Mais que ferons-nous de cet enfant en route ? Il aura froid, il aura faim... et qui prendra soin de lui ce soir et demain pour le coucher, le laver et l'habiller ? Je n'ose pas donner cet ennui-là à une femme que je ne connais pas, et qui trouvera, sans doute,

que je suis bien sans façons avec elle pour
commencer.

— D'après l'amitié ou l'ennui qu'elle
montrera, vous la connaîtrez tout de suite,
Germain, croyez-moi ; et d'ailleurs, si elle
rebute votre Pierre, moi je m'en charge.
J'irai chez elle l'habiller et je l'emmènerai
aux champs demain. Je l'amuserai toute la
journée et j'aurai soin qu'il ne manque de
rien.

— Et il t'ennuiera, ma pauvre fille ! Il te
gênera ! toute une journée, c'est long !

— Ça me fera plaisir, au contraire, ça me
tiendra compagnie, et ça me rendra moins
triste le premier jour que j'aurai à passer
dans un nouveau pays. Je me figurerai que
je suis encore chez nous.

L'enfant, voyant que la petite Marie pre-
nait son parti, s'était cramponné à sa jupe
et la tenait si fort qu'il eût fallu lui faire du
mal pour l'en arracher. Quand il reconnut
que son père cédait, il prit la main de Marie
dans ses deux petites mains brunies par le
soleil, et l'embrassa en sautant de joie et en
la tirant vers la jument, avec cette impatience ardente que les enfants portent dans
leurs désirs.

— Allons, allons, dit la jeune fille, en le
soulevant dans ses bras, tâchons d'apaiser
ce pauvre cœur qui saute comme un petit
oiseau, et si tu sens le froid quand la nuit
viendra, dis-le moi, mon Pierre, je te serre-
rai dans ma cape. Embrasse ton petit père,
et demande-lui pardon d'avoir fait le
méchant. Dis que ça ne t'arrivera plus,
jamais ! jamais, entends-tu ?

— Oui, oui, à condition que je ferai toujours sa volonté, n'est-ce pas ? dit Germain
en essuyant les yeux du petit avec son mouchoir : ah ! Marie, vous me le gâtez, ce
drôle-là !... Et vraiment, tu es une trop
bonne fille, petite Marie. Je ne sais pas
pourquoi tu n'es pas entrée bergère chez
nous à la Saint-Jean dernière. Tu aurais
pris soin de mes enfants, et j'aurais mieux
aimé te payer un bon prix pour les servir,
que d'aller chercher une femme qui croira
peut-être me faire beaucoup de grâce en ne
les détestant pas.

— Il ne faut pas voir comme ça les
choses par le mauvais côté, répondit la
petite Marie, en tenant la bride du cheval
pendant que Germain plaçait son fils sur le
devant du large bât garni de peau de
chèvre : si votre femme n'aime pas les
enfants, vous me prendrez à votre service
l'an prochain, et, soyez tranquille, je les
amuserai si bien qu'ils ne s'apercevront de
rien.

VII

DANS LA LANDE

— Ah ça, dit Germain, lorsqu'ils eurent fait quelques pas, que va-t-on penser à la maison en ne voyant pas rentrer ce petit bonhomme ? Les parents vont être inquiets et le chercheront partout.

— Vous allez dire au cantonnier qui travaille là-haut sur la route que vous l'emmenez, et vous lui recommanderez d'avertir votre monde.

— C'est vrai, Marie, tu t'avises de tout, toi ; moi, je ne pensais plus que Jeannie devait être par là.

— Et justement, il demeure tout près de la métairie ; et il ne manquera pas de faire la commission.

Quand on eut avisé à cette précaution, Germain remit la jument au trot, et Petit-Pierre était si joyeux, qu'il ne s'aperçut pas tout de suite qu'il n'avait pas dîné ; mais le mouvement du cheval lui creusant l'estomac, il se prit, au bout d'une lieue, à bâiller, à pâlir, et à confesser qu'il mourait de faim.

— Voilà que ça commence, dit Germain. Je savais bien que nous n'irions pas loin sans que ce monsieur criât la faim ou la soif.

— J'ai soif aussi ! dit Petit-Pierre.

— Eh bien ! nous allons donc entrer dans le cabaret de la mère Rebec, à Corlay, au *Point du Jour ?* Belle enseigne, mais pauvre gîte ! Allons, Marie, tu boiras aussi un doigt de vin.

— Non, non, je n'ai besoin de rien, dit-elle, je tiendrai la jument pendant que vous entrerez avec le petit.

— Mais j'y songe, ma bonne fille, tu as donné ce matin le pain de ton goûter à mon Pierre, et toi tu es à jeun ; tu n'as pas voulu dîner avec nous à la maison, tu ne faisais que pleurer.

— Oh ! je n'avais pas faim, j'avais trop de peine ! et je vous jure qu'à présent encore je ne sens aucune envie de manger.

— Il faut te forcer, petite ; autrement tu seras malade. Nous avons du chemin à faire, et il ne faut pas arriver là-bas comme des affamés pour demander du pain avant de dire bonjour. Moi-même je veux te donner l'exemple, quoique je n'aie pas grand appétit ; mais j'en viendrai à bout, vu que, après tout, je n'ai pas dîné non plus. Je vous voyais pleurer, toi et ta mère, et ça me troublait le cœur. Allons, allons, je vais attacher la Grise à la porte ; descends, je le veux.

Ils entrèrent tous trois chez la Rebec, et, en moins d'un quart d'heure, la grosse boiteuse réussit à leur servir une omelette de bonne mine, du pain bis et du vin clairet.

Les paysans ne mangent pas vite, et le petit Pierre avait si grand appétit qu'il se

passa bien une heure avant que Germain
pût songer à se remettre en route. La petite
Marie avait mangé par complaisance
d'abord ; puis, peu à peu, la faim était
venue : car à seize ans on ne peut pas faire
longtemps diète, et l'air des campagnes est
impérieux. Les bonnes paroles que Germain sut lui dire pour la consoler et lui
faire prendre courage produisirent aussi
leur effet ; elle fit effort pour se persuader
que sept mois seraient bientôt passés, et
pour songer au bonheur qu'elle aurait de se
retrouver dans sa famille et dans son
hameau, puisque le père Maurice et Germain s'accordaient pour lui promettre de la
prendre à leur service. Mais comme elle
commençait à s'égayer et à badiner avec le
petit Pierre, Germain eut la malheureuse
idée de lui faire regarder par la fenêtre du
cabaret, la belle vue de la vallée qu'on voit
tout entière de cette hauteur, et qui est si
riante, si verte et si fertile. Marie regarda et
demanda si de là on voyait les maisons de
Belair.

— Sans doute, dit Germain, et la métairie, et même ta maison. Tiens, ce petit
point gris, pas loin du grand peuplier à
Godard, plus bas que le clocher.

— Ah ! je la vois, dit la petite ; et là-dessus elle recommença de pleurer.

— J'ai eu tort de te faire songer à ça, dit
Germain, je ne fais que des bêtises
aujourd'hui ! Allons, Marie, partons, ma
fille ; les jours sont courts, et dans une
heure, quand la lune montera, il ne fera pas
chaud.

Ils se remirent en route, traversèrent la grande *brande*, et comme, pour ne pas fatiguer la jeune fille et l'enfant par un trop grand trot, Germain ne pouvait faire aller la Crise bien vite, le soleil était couché quand ils quittèrent la route pour gagner les bois.

Germain connaissait le chemin jusqu'au Magnier ; mais il pensa qu'il aurait plus court en ne prenant pas l'avenue de Chanteloube, mais en descendant par Presles et la Sépulture, direction qu'il n'avait pas l'habitude de prendre quand il allait à la foire. Il se trompa et perdit encore un peu de temps avant d'entrer dans le bois ; encore n'y entra-t-il point par le bon côté, et il ne s'en aperçut pas, si bien qu'il tourna le dos à Fourche et gagna beaucoup plus haut du côté d'Ardentes.

Ce qui l'empêchait alors de s'orienter, c'était un brouillard qui s'élevait avec la nuit, un de ces brouillards des soirs d'automne que la blancheur du clair de lune rend plus vagues et plus trompeurs encore. Les grandes flaques d'eau dont les clairières sont semées exhalaient des vapeurs si épaisses que, lorsque la Grise les traversait, on ne s'en apercevait qu'au clapotement de ses pieds et à la peine qu'elle avait à les tirer de la vase.

Quand on eut enfin trouvé une belle allée bien droite, et qu'arrivé au bout, Germain chercha à voir où il était, il s'aperçut bien qu'il s'était perdu ; car le père Maurice, en lui expliquant son chemin, lui avait dit qu'à la sortie des bois il aurait à descendre un bout de côte très raide, à traverser une immense prairie et à passer deux fois la rivière à gué. Il lui avait même recommandé d'entrer dans cette rivière avec précaution, parce qu'au commencement de la saison il y avait eu de grandes pluies et que l'eau pouvait être un peu haute. Ne voyant ni descente, ni prairie, ni rivière, mais la lande unie et blanche comme une nappe de neige, Germain s'arrêta, chercha une maison, attendit un passant, et ne trouva rien qui pût le renseigner. Alors il revint sur ses pas et rentra dans les bois. Mais le brouillard s'épaissit encore plus, la lune fut tout à fait voilée, les chemins étaient affreux, les fondrières profondes. Par deux fois, la Grise faillit s'abattre ; chargée comme elle l'était, elle perdait courage, et si elle conservait assez de discernement pour ne pas se heurter contre les arbres, elle ne pouvait empêcher que ceux qui la montaient n'eussent affaire à de grosses branches, qui barraient le chemin à la hauteur de leurs têtes et qui les mettaient fort en danger. Germain perdit son chapeau dans une de ces rencontres et eut grand'peine à le retrouver. Petit-Pierre s'était endormi, et, se laissant aller comme un sac, il embarrassait tellement les bras de son père, que celui-ci ne pouvait plus ni soutenir ni diriger le cheval.

— Je crois que nous sommes ensorcelés, dit Germain en s'arrêtant : car ces bois ne sont pas assez grands pour qu'on s'y perde, à moins d'être ivre, et il y a deux heures au

moins que nous y tournons sans pouvoir en
sortir. La Grise n'a qu'une idée en tête, c'est
de s'en retourner à la maison, et c'est elle
qui me fait tromper. Si nous voulons nous
en aller chez nous, nous n'avons qu'à la
laisser faire. Mais quand nous sommes
peut-être à deux pas de l'endroit où nous
devons coucher, il faudrait être fou pour y
renoncer et recommencer une si longue
route. Cependant, je ne sais plus que faire.
Je ne vois ni ciel ni terre, et je crains que cet
enfant-là ne prenne la fièvre si nous restons
dans ce damné brouillard, ou qu'il ne soit
écrasé par notre poids si le cheval vient à
s'abattre en avant.

— Il ne faut pas nous obstiner davantage, dit la petite Marie. Descendons, Germain ; donnez-moi l'enfant, je le porterai
fort bien, et j'empêcherai mieux que vous,
que la cape, se dérangeant, ne le laisse à
découvert. Vous conduirez la jument par la
bride, et nous verrons peut-être plus clair
quand nous serons plus près de la terre.

Ce moyen ne réussit qu'à les préserver
d'une chute de cheval, car le brouillard
rampait et semblait se coller à la terre
humide. La marche était pénible, et ils
furent bientôt si harassés qu'ils s'arrêtèrent
en rencontrant enfin un endroit sec sous de
grands chênes. La petite Marie était en
nage, mais elle ne se plaignait ni ne
s'inquiétait de rien. Occupée seulement de
l'enfant, elle s'assit sur le sable et le coucha
sur ses genoux, tandis que Germain explo-
rait les environs, après avoir passé les rênes
de la Grise dans une branche d'arbre.

Mais la Grise, qui s'ennuyait fort de ce voyage, donna un coup de reins, dégagea les rênes, rompit les sangles, et lâchant, par manière d'acquit, une demi-douzaine de ruades plus haut que sa tête, partit à travers les taillis, montrant fort bien qu'elle n'avait besoin de personne pour retrouver son chemin.

— Ça, dit Germain, après avoir vainement cherché à la rattraper, nous voici à pied, et rien ne nous servirait de nous trouver dans le bon chemin, car il nous faudrait traverser la rivière à pied ; et à voir comme ces routes sont pleines d'eau, nous pouvons être sûrs que la prairie est sous la rivière. Nous ne connaissons pas les autres passages. Il nous faut donc attendre que ce brouillard se dissipe ; ça ne peut pas durer plus d'une heure ou deux. Quand nous verrons clair, nous chercherons une maison, la première venue à la lisière du bois ; mais à présent nous ne pouvons sortir d'ici ; il y a là une fosse, un étang, je ne sais quoi devant nous ; et derrière, je ne saurais pas non plus dire ce qu'il y a, car je ne comprends plus par quel côté nous sommes arrivés.

VIII

SOUS LES GRANDS CHÊNES

— Eh bien ! prenons patience, Germain,
dit la petite Marie. Nous ne sommes pas
mal sur cette petite hauteur. La pluie ne
perce pas la feuillée de ces grands chênes,
et nous pouvons allumer du feu, car je sens
de vieilles souches qui ne tiennent à rien et
qui sont assez sèches pour flamber. Vous
avez bien du feu, Germain ? Vous fumiez
votre pipe tantôt.

— J'en avais ! mon briquet était sur le
bât dans mon sac, avec le gibier que je
portais à ma future ; mais la maudite
jument a tout emporté, même mon manteau, qu'elle va perdre et déchirer à toutes
les branches.

— Non pas, Germain ; la bâtine, le manteau, le sac, tout est là par terre, à vos pieds.
La Grise a cassé les sangles et tout jeté à
côté d'elle en partant.

— C'est, vrai Dieu, certain ! dit le laboureur ; et si nous pouvons trouver un peu de
bois mort à tâtons, nous réussirons à nous
sécher et à nous réchauffer.

— Ce n'est pas difficile, dit la petite
Marie, le bois mort craque partout sous les

pieds ; mais donnez-moi d'abord ici la
bâtine.

— Qu'en veux-tu faire ?

— Un lit pour le petit : non, pas comme
ça, à l'envers ; il ne roulera pas dans la
ruelle ; et c'est encore tout chaud du dos de
la bête. Calez-moi ça de chaque côté avec
ces pierres que vous voyez là !

— Je ne les vois pas, moi ! Tu as donc
des yeux de chat !

— Tenez ! voilà qui est fait, Germain.
Donnez-moi votre manteau, que j'enve-
loppe ses petits pieds, et ma cape par-dessus son corps. Voyez ! s'il n'est pas couché
là aussi bien que dans son lit ! et tâtez-le
comme il a chaud !

— C'est vrai ! tu t'entends à soigner les
enfants, Marie !

— Ce n'est pas bien sorcier. A présent,
cherchez votre briquet dans votre sac, et je
vais arranger le bois.

— Ce bois ne prendra jamais, il est trop
humide.

— Vous doutez de tout, Germain ! vous
ne vous souvenez donc pas d'avoir été
pâtour et d'avoir fait de grands feux aux
champs, au beau milieu de la pluie ?

— Oui, c'est le talent des enfants qui
gardent les bêtes ; mais moi j'ai été tou-
cheur de bœufs aussitôt que j'ai su marcher.

— C'est pour cela que vous êtes plus fort
de vos bras qu'adroit de vos mains. Le voilà
bâti ce bûcher, vous allez voir s'il ne flam-
bera pas ! Donnez-moi le feu et une poignée

de fougère sèche. C'est bien ! soufflez à présent ; vous n'êtes pas poumonique ?

— Non pas que je sache, dit Germain en soufflant comme un soufflet de forge. Au bout d'un instant, la flamme brilla, jeta d'abord une lumière rouge, et finit par s'élever en jets bleuâtres sous le feuillage des chênes, luttant contre la brume et séchant peu à peu l'atmosphère à dix pieds à la ronde.

— Maintenant, je vais m'asseoir auprès du petit pour qu'il ne lui tombe pas d'étincelles sur le corps, dit la jeune fille. Vous, mettez du bois et animez le feu, Germain ! nous n'attraperons ici ni fièvre ni rhume, je vous en réponds.

— Ma foi, tu es une fille d'esprit, dit Germain, et tu sais faire le feu comme une petite sorcière de nuit. Je me sens tout ranimé et le cœur me revient ; car avec les jambes mouillées jusqu'aux genoux, et l'idée de rester comme cela jusqu'au point du jour, j'étais de fort mauvaise humeur tout à l'heure.

— Et quand on est de mauvaise humeur, on ne s'avise de rien, reprit la petite Marie.

— Et tu n'es donc jamais de mauvaise humeur, toi ?

— Eh non ! jamais. A quoi bon ?

— Oh ! ce n'est bon à rien, certainement ; mais le moyen de s'en empêcher, quand on a des ennuis ! Dieu sait que tu n'en as pas manqué, toi, pourtant, ma pauvre petite : car tu n'as pas toujours été heureuse !

— C'est vrai, nous avons souffert, ma

pauvre mère et moi. Nous avions du chagrin, mais nous ne perdions jamais courage.

— Je ne perdrais pas courage pour quelque ouvrage que ce fût, dit Germain ; mais
la misère me fâcherait ; car je n'ai jamais
manqué de rien. Ma femme m'avait fait
riche et je le suis encore ; je le serai tant que
je travaillerai à la métairie : ce sera toujours, j'espère ; mais chacun doit avoir sa
peine ! J'ai souffert autrement.

— Oui, vous avez perdu votre femme, et
c'est grand'pitié.

— N'est-ce pas ?

— Oh ! je l'ai bien pleurée, allez, Germain ! car elle était si bonne ! Tenez, n'en
parlons plus ; car je la pleurerais encore,
tous mes chagrins sont en train de me revenir aujourd'hui.

— C'est vrai qu'elle t'aimait beaucoup,
petite Marie ! elle faisait grand cas de toi et
de ta mère. Allons ! tu pleures ? Voyons, ma
fille, je ne veux pas pleurer, moi...

— Vous pleurez, pourtant, Germain !
Vous pleurez aussi ! Quelle honte y a-t-il
pour un homme à pleurer sa femme ? Ne
vous gênez pas, allez ! je suis bien de moitié
avec vous dans cette peine-là !

— Tu as bon cœur, Marie, et ça me fait
du bien de pleurer avec toi. Mais approche
donc tes pieds du feu ; tu as tes jupes toutes
mouillées aussi, pauvre petite fille ! Tiens,
je vais prendre ta place auprès du petit,
chauffe-toi mieux que ça.

— J'ai assez chaud, dit Marie ; et si vous

voulez vous asseoir, prenez un coin du manteau, moi je suis très bien.

— Le fait est qu'on n'est pas mal ici, dit Germain en s'asseyant tout auprès d'elle. Il n'y a que la faim qui me tourmente un peu. Il est bien neuf heures du soir, et j'ai eu tant de peine à marcher dans ces mauvais chemins, que je me sens tout affaibli. Est-ce que tu n'as pas faim, aussi, toi, Marie ?

— Moi ? pas du tout. Je ne suis pas habituée, comme vous, à faire quatre repas, et j'ai été tant de fois me coucher sans souper, qu'une fois de plus ne m'étonne guère.

— Eh bien, c'est commode une femme comme toi ; ça ne fait pas de dépense, dit Germain en souriant.

— Je ne suis pas une femme, dit naïvement Marie, sans s'apercevoir de la tournure que prenaient les idées du laboureur. Est-ce que vous rêvez ?

— Oui, je crois que je rêve, répondit Germain ; c'est la faim qui me fait divaguer peut-être !

— Que vous êtes donc gourmand ! reprit-elle en s'égayant un peu à son tour ; eh bien ! si vous ne pouvez pas vivre cinq ou six heures sans manger, est-ce que vous n'avez pas là du gibier dans votre sac et du feu pour le faire cuire ?

— Diantre ! c'est une bonne idée ! mais le présent à mon futur beau-père ?

— Vous avez six perdrix et un lièvre ! Je pense qu'il ne vous faut pas tout cela pour vous rassasier ?

— Mais faire cuire cela ici, sans broche et sans landiers, ça deviendra du charbon !

— Non pas, dit la petite Marie ; je me charge de vous le faire cuire sous la cendre sans goût de fumée. Est-ce que vous n'avez jamais attrapé d'alouettes dans les champs, et que vous ne les avez pas fait cuire entre deux pierres ? Ah ! c'est vrai ! j'oublie que vous n'avez pas été pasteur ! Voyons, plumez cette perdrix ! Pas si fort ! vous lui arrachez la peau.

— Tu pourrais bien plumer l'autre pour me montrer !

— Vous voulez donc en manger deux ? Quel ogre ! Allons, les voilà plumées, je vais les cuire.

— Tu ferais une parfaite cantinière, petite Marie ; mais, par malheur, tu n'as pas de cantine, et je serai réduit à boire l'eau de cette mare.

— Vous voudriez du vin, pas vrai ? Il vous faudrait peut-être du café ? Vous vous croyez à la foire sous la ramée ! Appelez l'aubergiste : de la liqueur au fin laboureur de Belair !

— Ah ! petite méchante, vous vous moquez de moi ? Vous ne boiriez pas du vin, vous, si vous en aviez ?

— Moi ? J'en ai bu ce soir avec vous chez la Rebec, pour la seconde fois de ma vie ; mais si vous êtes bien sage, je vais vous en donner une bouteille quasi pleine, et du bon encore !

— Comment, Marie, tu es donc sorcière, décidément ?

— Est-ce que vous n'avez pas fait la folie de demander deux bouteilles de vin à la

Rebec ? Vous en avez bu une avec votre petit, et j'ai à peine avalé trois gouttes de celle que vous aviez mise devant moi. Cependant vous les aviez payées toutes les deux sans y regarder.

— Eh bien ?

— Eh bien, j'ai mis dans mon panier celle qui n'avait pas été bue, parce que j'ai pensé que vous ou votre petit auriez soif en route ; et la voilà.

— Tu es la fille la plus avisée que j'aie jamais rencontrée. Voyez ! elle pleurait pourtant, cette pauvre enfant en sortant de l'auberge ! ça ne l'a pas empêchée de penser aux autres plus qu'à elle-même. Petite Marie, l'homme qui t'épousera ne sera pas sot.

— Je l'espère, car je n'aimerais pas un sot. Allons, mangez vos perdrix, elles sont cuites à point ; et faute de pain, vous vous contenterez de châtaignes.

— Et où diable as-tu pris aussi des châtaignes ?

— C'est bien étonnant ! tout le long du chemin, j'en ai pris aux branches en passant, et j'en ai rempli mes poches.

— Et elles sont cuites aussi ?

— A quoi donc aurais-je eu l'esprit si je ne les avais pas mises dans le feu dès qu'il a été allumé ? Ça se fait toujours, aux champs.

— Ah ça, petite Marie, nous allons souper ensemble ! je veux boire à ta santé et te souhaiter un bon mari... là, comme tu le souhaiterais toi-même. Dis-moi un peu cela !

— J'en serais fort empêchée, Germain, car je n'y ai pas encore songé.

— Comment, pas du tout ? jamais ? dit Germain, en commençant à manger avec un appétit de laboureur, mais coupant les meilleurs morceaux pour les offrir à sa compagne, qui refusa obstinément et se contenta de quelques châtaignes. Dis-moi donc, petite Marie, reprit-il, voyant qu'elle ne songeait pas à lui répondre, tu n'as pas encore eu l'idée du mariage ? tu es en âge pourtant !

— Peut-être, dit-elle ; mais je suis trop pauvre. Il faut au moins cent écus pour entrer en ménage, et je dois travailler cinq ou six ans pour les amasser.

— Pauvre fille ! je voudrais que le père Maurice voulût bien me donner cent écus pour t'en faire cadeau.

— Grand merci, Germain. Eh bien ! qu'est-ce qu'on dirait de moi ?

— Que veux-tu qu'on dise ? on sait bien que je suis vieux et que je ne peux pas t'épouser. Alors on ne supposerait pas que je... que tu...

— Dites donc, laboureur ! voilà votre enfant qui se réveille, dit la petite Marie.

IX

LA PRIÈRE DU SOIR

Petit-Pierre s'était soulevé et regardait autour de lui d'un air pensif.

— Ah ! il n'en fait jamais d'autre quand il entend manger, celui-là ! dit Germain : le bruit du canon ne le réveillerait pas ; mais quand on remue les mâchoires auprès de lui, il ouvre les yeux tout de suite.

— Vous avez dû être comme ça à son âge, dit la petite Marie avec un sourire malin. Allons, mon petit Pierre, tu cherches ton ciel de lit ? Il est fait de verdure, ce soir, mon enfant ; mais ton père n'en soupe pas moins. Veux-tu souper avec lui ? Je n'ai pas mangé ta part ; je me doutais bien que tu la réclamerais !

— Marie, je veux que tu manges, s'écria le laboureur, je ne mangerai plus. Je suis un vorace, un grossier : toi, tu te prives pour nous, ce n'est pas juste, j'en ai honte. Tiens, ça m'ôte la faim ; je ne veux pas que mon fils soupe, si tu ne soupes pas.

— Laissez-nous tranquilles, répondit la petite Marie, vous n'avez pas la clef de nos appétits. Le mien est fermé aujourd'hui, mais celui de votre Pierre est ouvert comme celui d'un petit loup. Tenez, voyez comme il s'y prend ! Oh ! ce sera aussi un rude laboureur !

En effet, Petit-Pierre montra bientôt de qui il était fils, et à peine éveillé, ne comprenant ni où il était, ni comment il y était venu, il se mit à dévorer. Puis, quand il n'eut plus faim, se trouvant excité comme il arrive aux enfants qui rompent leurs habitudes il eut plus d'esprit, plus de curiosité et plus de raisonnement qu'à l'ordinaire. Il se fit expliquer où il était, et quand il sut que c'était au milieu d'un bois, il eut un peu peur.

— Y a-t-il des méchantes bêtes dans ce bois ? demanda-t-il à son père.

— Non, fit le père, il n'y en a point. Ne crains rien.

— Tu as donc menti quand tu m'as dit que si j'allais avec toi dans les grands bois les loups m'emporteraient ?

— Voyez-vous ce raisonneur ? dit Germain embarrassé.

— Il a raison, reprit la petite Marie, vous lui avez dit cela : il a bonne mémoire, il s'en souvient. Mais apprends, mon petit Pierre, que ton père ne ment jamais. Nous avons passé les grands bois pendant que tu dormais, et nous sommes à présent dans les petits bois, où il n'y a pas de méchantes bêtes.

— Les petits bois sont-ils bien loin des grands ?

— Assez loin ; d'ailleurs les loups ne sortent pas des grands bois. Et puis, s'il en venait ici, ton père les tuerait.

— Et toi aussi, petite Marie ?

— Et nous aussi, car tu nous aiderais bien, mon Pierre ? Tu n'as pas peur, toi ? Tu taperais bien dessus !

— Oui, oui, dit l'enfant enorgueilli, en prenant une pose héroïque, nous les tuerions !

— Il n'y a personne comme toi pour parler aux enfants, dit Germain à la petite Marie, et pour leur faire entendre raison. Il est vrai qu'il n'y a pas longtemps que tu étais toi-même un petit enfant et tu te souviens de ce que te disait ta mère. Je crois bien que plus on est jeune, mieux on s'entend avec ceux qui le sont. J'ai grand'peur qu'une femme de trente ans, qui ne sait pas encore ce que c'est que d'être mère, n'apprenne avec peine à babiller et à raisonner avec des marmots.

— Pourquoi donc pas, Germain ? Je ne sais pourquoi vous avez une mauvaise idée touchant cette femme ; vous en reviendrez !

— Au diable la femme ! dit Germain. Je voudrais en être revenu pour n'y plus retourner. Qu'ai-je besoin d'une femme que je ne connais pas ?

— Mon petit père, dit l'enfant, pourquoi donc est-ce que tu parles toujours de ta femme aujourd'hui puisqu'elle est morte ?...

— Hélas ! tu ne l'as donc pas oubliée, toi, ta pauvre chère mère ?

— Non, puisque je l'ai vu mettre dans une belle boîte de bois blanc, et que ma grand'mère m'a conduit auprès pour

l'embrasser et lui dire adieu !... Elle était
toute blanche et toute froide, et tous les
soirs ma tante me fait prier le bon Dieu
pour qu'elle aille se réchauffer avec lui dans
le ciel. Crois-tu qu'elle y soit, à présent ?

— Je l'espère, mon enfant ; mais il faut
toujours prier, ça fait voir à ta mère que tu
l'aimes.

— Je vais dire ma prière, reprit l'enfant ;
je n'ai pas pensé à la dire ce soir. Mais je ne
peux pas la dire tout seul ; j'en oublie toujours un peu. Il faut que la petite Marie
m'aide.

— Oui, mon Pierre, je vais t'aider, dit la
jeune fille. Viens là, te mettre à genoux sur
moi.

L'enfant s'agenouilla sur la jupe de la
jeune fille, joignit ses petites mains, et se
mit à réciter sa prière, d'abord avec attention et ferveur, car il savait très bien le
commencement ; puis avec plus de lenteur
et d'hésitation, et enfin répétant mot à mot
ce que lui dictait la petite Marie, lorsqu'il
arriva à cet endroit de son oraison, où le
sommeil le gagnant chaque soir, il n'avait
jamais pu l'apprendre jusqu'au bout. Cette
fois encore, le travail de l'attention et la
monotonie de son propre accent produisirent leur effet accoutumé, il ne prononça
plus qu'avec effort les dernières syllabes, et
encore après se les être fait répéter trois
fois ; sa tête s'appesantit et se pencha sur la
poitrine de Marie : ses mains se déten-
dirent, se séparèrent et retombèrent
ouvertes sur ses genoux. A la lueur du feu

du bivouac, Germain regarda son petit
ange assoupi sur le cœur de la jeune fille,
qui, le soutenant dans ses bras et réchauf-
fant ses cheveux blonds de sa pure haleine,
s'était laissée aller aussi à une rêverie
pieuse et priait mentalement pour l'âme de
Catherine.

Germain fut attendri, chercha ce qu'il
pourrait dire à la petite Marie pour lui
exprimer ce qu'elle lui inspirait d'estime et
de reconnaissance, mais ne trouva rien qui
pût rendre sa pensée. Il s'approcha d'elle
pour embrasser son fils qu'elle tenait toujours pressé contre son sein, et il eut peine
à détacher ses lèvres du front du petit
Pierre.

— Vous l'embrassez trop fort, lui dit
Marie en repoussant doucement la tête du
laboureur, vous allez le réveiller. Laissez-
moi le recoucher, puisque le voilà reparti
pour les rêves du paradis.

L'enfant se laissa coucher, mais en s'éten-
dant sur la peau de chèvre du bât, il
demanda s'il était sur la Grise. Puis,
ouvrant ses grands yeux bleus, et les tenant
fixés vers les branches pendant une minute,
il parut rêver tout éveillé, ou être frappé
d'une idée qui avait glissé dans son esprit
durant le jour, et qui s'y formulait à
l'approche du sommeil. — Mon petit père,
dit-il, si tu veux me donner une autre mère,
je veux que ce soit la petite Marie.

Et sans attendre de réponse, il ferma les
yeux et s'endormit.

X

MALGRÉ LE FROID

La petite Marie ne parut pas faire d'autre
attention aux paroles bizarres de l'enfant
que de les regarder comme une parole
d'amitié ; elle l'enveloppa avec soin, ranima
le feu, et, comme le brouillard endormi sur
la mare voisine ne paraissait nullement
près de s'éclaircir, elle conseilla à Germain
de s'arranger auprès du feu pour faire un
somme.

— Je vois que cela vous vient déjà, lui
dit-elle, car vous ne dites plus mot, et vous
regardez la braise comme votre petit faisait
tout à l'heure. Allons, dormez, je veillerai à
l'enfant et à vous.

— C'est toi qui dormiras, répondit le
laboureur, et moi je vous garderai tous les
deux, car jamais je n'ai eu moins envie de
dormir ; j'ai cinquante idées dans la tête.

— Cinquante, c'est beaucoup, dit la fil-
lette avec une intention un peu moqueuse ;
il y a tant de gens qui seraient heureux d'en
avoir une !

— Eh bien, si je ne suis pas capable d'en
avoir cinquante, j'en ai du moins une qui ne
me lâche pas depuis une heure.

— Et je vas vous la dire, ainsi que celles que vous aviez auparavant.

— Eh bien ! oui, dis-la si tu la devines, Marie ; dis-la-moi toi-même, ça me fera plaisir.

— Il y a une heure, reprit-elle, vous aviez l'idée de manger... et à présent vous avez l'idée de dormir.

— Marie, je ne suis qu'un bouvier, mais vraiment tu me prends pour un bœuf. Tu es une méchante fille, et je vois bien que tu ne veux point causer avec moi. Dors donc, cela vaudra mieux que de critiquer un homme qui n'est pas gai.

— Si vous voulez causer, causons, dit la petite fille en se couchant à demi auprès de l'enfant, et en appuyant sa tête contre le bât. Vous êtes en train de vous tourmenter, Germain, et en cela vous ne montrez pas beaucoup de courage pour un homme. Que ne dirais-je pas, moi, si je ne me défendais pas de mon mieux contre mon propre chagrin ?

— Oui, sans doute, et c'est là justement ce qui m'occupe, ma pauvre enfant ! Tu vas vivre loin de tes parents et dans un vilain pays de landes et de marécages, où tu attraperas les fièvres d'automne, où les bêtes à laine ne profitent pas, ce qui chagrine toujours une bergère qui a bonne intention ; enfin tu seras au milieu d'étrangers qui ne seront peut-être pas bons pour toi, qui ne comprendront pas ce que tu vaux. Tiens, ça me fait plus de peine que je ne peux te le dire, et j'ai envie de te ramener chez ta mère au lieu d'aller à Fourche.

— Vous parlez avec beaucoup de bonté, mais sans raison, mon pauvre Germain ; on ne doit pas être lâche pour ses amis, et au lieu de me montrer le mauvais côté de mon sort, vous devriez m'en montrer le bon, comme vous faisiez quand nous avons goûté chez la Rebec.

— Que veux-tu ! ça me paraissait ainsi dans ce moment-là, et à présent ça me paraît autrement. Tu ferais mieux de trouver un mari.

— Ça ne se peut pas, Germain, je vous l'ai dit ; et comme ça ne se peut pas, je n'y pense pas.

— Mais enfin si ça se trouvait ? Peut-être que si tu voulais me dire comment tu souhaiterais qu'il fût, je parviendrais à imaginer quelqu'un.

— Imaginer n'est pas trouver. Moi, je n'imagine rien puisque c'est inutile.

— Tu n'aurais pas l'idée de trouver un riche ?

— Non, bien sûr, puisque je suis pauvre comme Job.

— Mais s'il était à son aise, ça ne te ferait pas de peine d'être bien logée, bien nourrie, bien vêtue et dans une famille de braves gens qui te permettraient d'assister ta mère ?

— Oh ! pour cela, oui ! assister ma mère est tout mon souhait.

— Et si cela se rencontrait, quand même l'homme ne serait pas de la première jeunesse, tu ne ferais pas trop la difficile ?

— Ah ! pardonnez-moi, Germain. C'est

justement la chose à laquelle je tiendrais. Je n'aimerais pas un vieux !

— Un vieux, sans doute ; mais, par exemple, un homme de mon âge ?

— Votre âge est vieux pour moi, Germain ; j'aimerais l'âge de Bastien, quoique Bastien ne soit pas si joli homme que vous.

— Tu aimerais mieux Bastien le porcher ? dit Germain avec humeur. Un garçon qui a les yeux faits comme les bêtes qu'il mène ?

— Je passerais par-dessus ses yeux, à cause de ses dix-huit ans.

Germain se sentit horriblement jaloux.

— Allons, dit-il, je vois que tu en tiens pour Bastien. C'est une drôle d'idée, pas moins !

— Oui, ce serait une drôle d'idée, répondit la petite Marie en riant aux éclats, et ça ferait un drôle de mari. On lui ferait accroire tout ce qu'on voudrait. Par exemple, l'autre jour, j'avais ramassé une tomate dans le jardin à monsieur le curé ; je lui ai dit que c'était une belle pomme rouge, et il a mordu dedans comme un goulu. Si vous aviez vu quelle grimace ! Mon Dieu, qu'il était vilain !

— Tu ne l'aimes donc pas, puisque tu te moques de lui ?

— Ce ne serait pas une raison. Mais je ne l'aime pas : il est brutal avec sa petite sœur, et il est malpropre.

— Eh bien ! tu ne te sens pas portée pour quelque autre ?

— Qu'est-ce que ça vous fait, Germain ?

— Ça ne me fait rien, c'est pour parler. Je vois, petite fille, que tu as déjà un galant dans la tête.

— Non, Germain, vous vous trompez, je n'en ai pas encore ; ça pourra venir plus tard : mais puisque je ne me marierai que quand j'aurai un peu amassé, je suis destinée à me marier tard et avec un vieux.

— Eh bien, prends-en un vieux tout de suite.

— Non pas ! quand je ne serai plus jeune, ça me sera égal ; à présent, ce serait différent.

— Je vois bien, Marie, que je te déplais : c'est assez clair, dit Germain avec dépit, et sans peser ses paroles.

La petite Marie ne répondit pas. Germain se pencha vers elle : elle dormait ; elle était tombée vaincue et comme foudroyée par le sommeil, comme font les enfants qui dorment déjà lorsqu'ils babillent encore.

Germain fut content qu'elle n'eût pas fait attention à ses dernières paroles ; il reconnut qu'elles n'étaient point sages, et il lui tourna le dos pour se distraire et changer de pensée.

Mais il eut beau faire, il ne put s'endormir, ni songer à autre chose qu'à ce qu'il venait de dire. Il tourna vingt fois autour du feu, il s'éloigna, il revint ; enfin, se sentant aussi agité que s'il eût avalé de la poudre à canon, il s'appuya contre l'arbre qui abritait les deux enfants et les regarda dormir.

— Je ne sais pas comment je ne m'étais jamais aperçu, pensait-il, que cette petite

Marie est la plus jolie fille du pays !... Elle n'a pas beaucoup de couleur, mais elle a un petit visage frais comme une rose de buissons ! Quelle gentille bouche et quel mignon petit nez !... Elle n'est pas grande pour son âge, mais elle est faite comme une petite caille et légère comme un petit pinson !... Je ne sais pas pourquoi on fait tant de cas chez nous d'une grande et grosse femme bien vermeille... La mienne était plutôt mince et pâle, et elle me plaisait par-dessus tout... Celle-ci est toute délicate, mais elle ne s'en porte pas plus mal, et elle est jolie à voir comme un chevreau blanc !... Et puis, quel air doux et honnête ! comme on lit son bon cœur dans ses yeux, même lorsqu'ils sont fermés pour dormir !... Quant à de l'esprit, elle en a plus que ma chère Catherine n'en avait, il faut en convenir, et on ne s'ennuierait pas avec elle... C'est gai, c'est sage, c'est laborieux, c'est aimant, et c'est drôle. Je ne vois pas ce qu'on pourrait souhaiter de mieux...

Mais qu'ai-je à m'occuper de tout cela ? reprenait Germain, en tâchant de regarder d'un autre côté. Mon beau-père ne voudrait pas en entendre parler, et toute la famille me traiterait de fou !... D'ailleurs, elle-même ne voudrait pas de moi, la pauvre enfant !... Elle me trouve trop vieux, elle me l'a dit... Elle n'est pas intéressée, elle se soucie peu d'avoir encore de la misère et de la peine, de porter de pauvres habits, et de souffrir de la faim pendant deux ou trois mois de l'année, pourvu qu'elle contente son cœur un jour, et qu'elle puisse se donner à un mari qui lui plaira... elle a raison, elle ! je ferais de même à sa place... et, dès à présent, si je pouvais suivre ma volonté, au lieu de m'embarquer dans un mariage qui ne me sourit pas, je choisirais une fille à mon gré...

Plus Germain cherchait à raisonner et à se calmer, moins il en venait à bout. Il s'en allait à vingt pas de là, se perdre dans le brouillard ; et puis, tout d'un coup, il se retrouvait à genoux à côté des deux enfants endormis. Une fois même il voulut embrasser Petit-Pierre, qui avait un bras passé autour du cou de Marie, et il se trompa si bien que Marie, sentant une haleine chaude comme le feu courir sur ses lèvres, se réveilla et le regarda d'un air tout effaré, ne comprenant rien du tout à ce qui se passait en lui.

— Je ne vous voyais pas, mes pauvres enfants ! dit Germain en se retirant bien vite. J'ai failli tomber sur vous et vous faire du mal.

La petite Marie eut la candeur de le croire, et se rendormit. Germain passa de l'autre côté du feu et jura à Dieu qu'il n'en bougerait jusqu'à ce qu'elle fût réveillée. Il tint parole, mais ce ne fut pas sans peine. Il crut qu'il en deviendrait fou.

Enfin, vers minuit, le brouillard se dissipa, et Germain put voir les étoiles briller à travers les arbres. La lune se dégagea aussi des vapeurs qui la couvraient et commença à semer des diamants sur la mousse

humide. Le tronc des chênes restait dans
une majestueuse obscurité ; mais, un peu
plus loin, les tiges blanches des bouleaux
semblaient une rangée de fantômes dans
leurs suaires. Le feu se reflétait dans la
mare ; et les grenouilles, commençant à s'y
habituer, hasardaient quelques notes grêles
et timides, les branches anguleuses des
vieux arbres, hérissées de pâles lichens,
s'étendaient et s'entrecroisaient comme de
grands bras décharnés sur la tête de nos
voyageurs ; c'était un bel endroit, mais si
désert et si triste, que Germain, las d'y souffrir, se mit à chanter et à jeter des pierres
dans l'eau pour s'étourdir sur l'ennui
effrayant de la solitude. Il désirait aussi
éveiller la petite Marie ; et lorsqu'il vit
qu'elle se levait et regardait le temps, il lui
proposa de se remettre en route.

— Dans deux heures, lui dit-il,
l'approche du jour rendra l'air si froid, que
nous ne pourrons plus y tenir, malgré notre
feu... A présent, on voit à se conduire, et
nous trouverons bien une maison qui nous
ouvrira, ou du moins quelque grange où
nous pourrons passer à couvert le reste de
la nuit.

Marie n'avait pas de volonté ; et,
quoiqu'elle eût encore grande envie de dormir, elle se disposa à suivre Germain.

Celui-ci prit son fils dans ses bras sans le
réveiller, et voulut que Marie s'approchât
de lui pour se cacher dans son manteau,
puisqu'elle ne voulait pas reprendre sa cape
roulée autour du petit Pierre.

Quand il sentit la jeune fille si près de lui,
Germain, qui s'était distrait et égayé un
instant, recommença à perdre la tête. Deux
ou trois fois il s'éloigna brusquement, et la
laissa marcher seule. Puis voyant qu'elle
avait peine à le suivre, il l'attendait, l'attirait
vivement près de lui, et la pressait si fort,
qu'elle en était étonnée et même fâchée
sans oser le dire.

Comme ils ne savaient point du tout de
quelle direction ils étaient partis, ils ne
savaient pas celle qu'ils suivaient ; si bien
qu'ils remontèrent encore une fois tout le
bois, se retrouvèrent, de nouveau, en face
de la lande déserte, revinrent sur leurs pas,
et, après avoir tourné et marché longtemps,
ils aperçurent de la clarté à travers les
branches.

— Bon ! voici une maison, dit Germain,
et des gens déjà éveillés, puisque le feu est
allumé. Il est donc bien tard ?

Mais ce n'était pas une maison : c'était le
feu de bivouac qu'ils avaient couvert en
partant, et qui s'était rallumé à la brise...

Ils avaient marché pendant deux heures
pour se retrouver au point de départ.

XI

A LA BELLE ÉTOILE

— Pour le coup j'y renonce ! dit Germain en frappant du pied. On nous a jeté un sort, c'est bien sûr, et nous ne sortirons d'ici qu'au grand jour. Il faut que cet endroit soit endiablé.

— Allons, allons, ne nous fâchons pas, dit Marie, et prenons-en notre parti. Nous ferons un plus grand feu, l'enfant est si bien enveloppé qu'il ne risque rien, et pour passer une nuit dehors nous n'en mourrons point. Où avez-vous caché la bâtine, Germain ? Au milieu des houx, grand étourdi ! C'est commode pour aller la reprendre !

— Tiens l'enfant, prends-le que je retire son lit des broussailles ; je ne veux pas que tu te piques les mains.

— C'est fait, voici le lit, et quelques piqûres ne sont pas des coups de sabre, reprit la brave petite fille.

Elle procéda de nouveau au coucher du petit Pierre, qui était si bien endormi cette fois qu'il ne s'aperçut en rien de ce nouveau voyage. Germain mit tant de bois au feu que toute la forêt en resplendit à la ronde : mais la petite Marie n'en pouvait plus, et quoiqu'elle ne se plaignît de rien, elle ne se soutenait plus sur ses jambes. Elle était pâle et ses dents claquaient de froid et de faiblesse. Germain la prit dans ses bras pour la réchauffer ; et l'inquiétude, la compassion, des mouvements de tendresse irrésistible s'emparant de son cœur, firent taire ses sens. Sa langue se délia comme par miracle, et toute honte cessant :

— Marie, lui dit-il, tu me plais, et je suis bien malheureux de ne pas te plaire. Si tu voulais m'accepter pour ton mari, il n'y aurait ni beau-père, ni parents, ni voisins, ni conseils qui pussent m'empêcher de me donner à toi. Je sais que tu rendrais mes enfants heureux, que tu leur apprendrais à respecter le souvenir de leur mère, et, ma conscience étant en repos, je pourrais contenter mon cœur. J'ai toujours eu de l'amitié pour toi, et à présent je me sens si amoureux que si tu me demandais de faire toute ma vie tes mille volontés, je te le jurerais sur l'heure. Vois, je t'en prie, comme je t'aime, et tâche d'oublier mon âge. Pense que c'est une fausse idée qu'on se fait quand on croit qu'un homme de trente ans est vieux. D'ailleurs je n'ai que vingt-huit ans ! une jeune fille craint de se faire critiquer en prenant un homme qui a dix ou douze ans de plus qu'elle, parce que ce n'est pas la coutume du pays ; mais j'ai entendu dire que dans d'autres pays on ne regardait point à cela ; qu'au contraire on aimait mieux donner pour soutien, à une jeunesse, un homme raisonnable et d'un

courage bien éprouvé qu'un jeune gars qui
peut se déranger, et, de bon sujet qu'on le
croyait, devenir un mauvais garnement.
D'ailleurs, les années ne font pas toujours
l'âge. Cela dépend de la force et de la santé
qu'on a. Quand un homme est usé par trop
de travail et de misère ou par la mauvaise
conduite, il est vieux avant vingt-cinq ans.
Au lieu que moi... Mais tu ne m'écoutes pas,
Marie.

— Si fait, Germain, je vous entends bien,
répondit la petite Marie, mais je songe à ce
que m'a toujours dit ma mère : c'est qu'une
femme de soixante ans est bien à plaindre
quand son mari en a soixante-dix ou
soixante-quinze, et qu'il ne peut plus travailler pour la nourrir. Il devient infirme, et
il faut qu'elle le soigne à l'âge où elle
commencerait elle-même à avoir grand
besoin de ménagement et de repos. C'est
ainsi qu'on arrive à finir sur la paille.

— Les parents ont raison de dire cela,
j'en conviens, Marie, reprit Germain ; mais
enfin ils sacrifieraient tout le temps de la
jeunesse, qui est le meilleur, à prévoir ce
qu'on deviendra à l'âge où l'on n'est plus
bon à rien, et où il est indifférent de finir
d'une manière ou d'une autre. Mais moi, je
ne suis pas dans le danger de mourir de
faim sur mes vieux jours. Je suis à même
d'amasser quelque chose, puisque, vivant
avec les parents de ma femme, je travaille
beaucoup et ne dépense rien. D'ailleurs, je
t'aimerai tant, vois-tu, que ça m'empêchera
de vieillir. On dit que quand un homme est

heureux, il se conserve, et je sens bien que
je suis plus jeune que Bastien pour t'aimer ;
car il ne t'aime pas, lui, il est trop bête, trop
enfant pour comprendre comme tu es jolie
et bonne, et faite pour être recherchée.
Allons, Marie, ne me déteste pas, je ne suis
pas un méchant homme : j'ai rendu ma
Catherine heureuse, elle a dit devant Dieu à
son lit de mort qu'elle n'avait jamais eu de
moi que du contentement, et elle m'a
recommandé de me remarier. Il semble que
son esprit ait parlé ce soir à son enfant, au
moment où il s'est endormi. Est-ce que tu
n'as pas entendu ce qu'il disait ? et comme
sa petite bouche tremblait, pendant que ses
yeux regardaient en l'air quelque chose que
nous ne pouvions pas voir ! Il voyait sa
mère, sois-en sûre, et c'était elle qui lui
faisait dire qu'il te voulait pour la remplacer.

— Germain, répondit Marie, tout étonnée et toute pensive, vous parlez honnête-
ment et tout ce que vous dites est vrai. Je
suis sûre que je ferais bien de vous aimer, si
ça ne mécontentait pas trop vos parents :
mais que voulez-vous que j'y fasse ? le cœur
ne m'en dit pas pour vous. Je vous aime
bien, mais quoique votre âge ne vous enlai-
disse pas, il me fait peur. Il me semble que
vous êtes quelque chose pour moi, comme
un oncle ou un parrain ; que je vous dois le
respect, et que vous auriez des moments où
vous me traiteriez comme une petite fille
plutôt que comme votre femme et votre
égale. Enfin, mes camarades se moque-

raient peut-être de moi, et quoique ça soit
une sottise de faire attention à cela, je crois
que je serais honteuse et un peu triste le
jour de mes noces.

— Ce sont là des raisons d'enfant ; tu
parles tout à fait comme un enfant, Marie !

— Eh bien ! oui, je suis un enfant, dit-
elle, et c'est à cause de cela que je crains un
homme trop raisonnable. Vous voyez bien
que je suis trop jeune pour vous, puisque
déjà vous me reprochez de parler sans raison ! Je ne puis pas avoir plus de raison que
mon âge n'en comporte.

— Hélas ! mon Dieu, que je suis donc à
plaindre d'être si maladroit et de dire si mal
ce que je pense ! s'écria Germain. Marie,
vous ne m'aimez pas, voilà le fait ; vous me
trouvez trop simple et trop lourd. Si vous
m'aimiez un peu, vous ne verriez pas si
clairement mes défauts. Mais vous ne
m'aimez pas, voilà !

— Eh bien ! ce n'est pas ma faute, répondit-elle, un peu blessée de ce qu'il ne la
tutoyait plus ; j'y fais mon possible en vous
écoutant, mais plus je m'y essaie et moins
je peux me mettre dans la tête que nous
devions être mari et femme.

Germain ne répondit pas. Il mit sa tête
dans ses deux mains et il fut impossible à la
petite Marie de savoir s'il pleurait, s'il bou-
dait, ou s'il était endormi. Elle fut un peu
inquiète de le voir si morne et de ne pas
deviner ce qui roulait dans son esprit ; mais
elle n'osa pas lui parler davantage, et
comme elle était trop étonnée de ce qui

venait de se passer pour avoir envie de se
rendormir, elle attendit le jour avec impatience, soignant toujours le feu et veillant
l'enfant dont Germain paraissait ne plus se
souvenir. Cependant Germain ne dormait
point ; il ne réfléchissait pas à son sort et ne
faisait ni projets de courage, ni plans de
séduction. Il souffrait, il avait une montagne d'ennui sur le cœur. Il aurait voulu
être mort. Tout paraissait devoir tourner
mal pour lui, et s'il eût pu pleurer il ne
l'aurait pas fait à demi. Mais il y avait un
peu de colère contre lui-même mêlée à sa
peine, et il étouffait sans pouvoir et sans
vouloir se plaindre.

Quand le jour fut venu et que les bruits
de la campagne l'annoncèrent à Germain, il
sortit son visage de ses mains et se leva. Il
vit que la petite Marie n'avait pas dormi
non plus, mais il ne sut rien lui dire pour
marquer sa sollicitude. Il était tout à fait
découragé. Il cacha de nouveau le bât de la
Grise dans les buissons, prit son sac sur son
épaule, et tenant son fils par la main :

— A présent, Marie, dit-il, nous allons
tâcher d'achever notre voyage. Veux-tu que
je te conduise aux Ormeaux ?

— Nous sortirons du bois ensemble, lui
répondit-elle, et quand nous saurons où
nous sommes, nous irons chacun de notre
côté.

Germain ne répondit pas. Il était blessé
de ce que la jeune fille ne lui demandait pas
de la mener jusqu'aux Ormeaux, et il ne
s'apercevait pas qu'il le lui avait offert d'un
ton qui semblait provoquer un refus.

Un bûcheron qu'ils rencontrèrent au bout de deux cents pas les mit dans le bon chemin, et leur dit qu'après avoir passé la grande prairie ils n'avaient qu'à prendre, l'un tout droit, l'autre sur la gauche, pour gagner leurs différents gîtes, qui étaient d'ailleurs si voisins qu'on voyait distinctement les maisons de Fourche de la ferme des Ormeaux, et réciproquement.

Puis, quand ils eurent remercié et dépassé le bûcheron, celui-ci les rappela pour leur demander s'ils n'avaient pas perdu un cheval.

— J'ai trouvé, leur dit-il, une belle jument grise dans ma cour, où peut-être le loup l'aura forcée de chercher un refuge. Mes chiens ont *jappé à nuitée*, et au point du jour j'ai vu la bête chevaline sous mon hangar ; elle y est encore. Allons-y, et si vous la reconnaissez, emmenez-la.

Germain ayant donné d'avance le signalement de la Grise et s'étant convaincu qu'il s'agissait bien d'elle, se mit en route pour aller rechercher son bât. La petite Marie lui offrit alors de conduire son enfant aux Ormeaux, où il viendrait le reprendre lorsqu'il aurait fait son entrée à Fourche.

— Il est un peu malpropre après la nuit que nous avons passée, dit-elle. Je nettoierai ses habits, je laverai son joli museau, je le peignerai, et quand il sera beau et brave, vous pourrez le présenter à votre nouvelle famille.

— Et qui te dit que je veuille aller à Fourche ? répondit Germain avec humeur. Peut-être n'irai-je pas !

— Si fait, Germain, vous devez y aller,
vous irez, reprit la jeune fille.

— Tu es bien pressée que je me marie
avec une autre, afin d'être sûre que je ne
t'ennuierai plus ?

— Allons, Germain, ne pensez plus à
cela : c'est une idée qui vous est venue dans
la nuit, parce que cette mauvaise aventure
avait un peu dérangé vos esprits. Mais à
présent il faut que la raison vous revienne ;
je vous promets d'oublier ce que vous
m'avez dit et de n'en jamais parler à personne.

— Eh ! parles-en si tu veux. Je n'ai pas
l'habitude de renier mes paroles. Ce que je
t'ai dit était vrai, honnête, et je n'en rougirai
devant personne.

— Oui ; mais si votre femme savait qu'au
moment d'arriver, vous avez pensé à une
autre, ça la disposerait mal pour vous. Ainsi
faites attention aux paroles que vous direz
maintenant ; ne me regardez pas comme ça
devant le monde avec un air tout singulier.
Songez au père Maurice qui compte sur
votre obéissance, et qui serait bien en
colère contre moi si je vous détournais de
faire sa volonté. Bonjour, Germain ;
j'emmène Petit-Pierre afin de vous forcer
d'aller à Fourche. C'est un gage que je vous
garde.

— Tu veux donc aller avec elle ? dit le
laboureur à son fils, en voyant qu'il s'attachait aux mains de la petite Marie, et qu'il
la suivait résolument.

— Oui, père, répondit l'enfant qui avait

écouté et compris à sa manière ce qu'on
venait de dire sans méfiance devant lui. Je
m'en vais avec ma Marie mignonne : tu
viendras me chercher quand tu auras fini
de te marier ; mais je veux que Marie reste
ma petite mère.

— Tu vois bien qu'il le veut, lui ! dit Germain à la jeune fille. Écoute, Petit-Pierre,
ajouta-t-il, moi je le souhaite, qu'elle soit ta
mère et qu'elle reste toujours avec toi ; c'est
elle qui ne le veut pas. Tâche qu'elle
t'accorde ce qu'elle me refuse.

— Sois tranquille, mon père, je lui ferai
dire oui : ma petite Marie fait toujours ce
que je veux.

Il s'éloigna avec la jeune fille. Germain
resta seul, plus triste, plus irrésolu que
jamais.

XII

LA LIONNE DU VILLAGE

Cependant, quand il eut réparé le dé-
sordre du voyage dans ses vêtements et
dans l'équipage de son cheval, quand il fut
monté sur la Grise et qu'on lui eut indiqué
le chemin de Fourche, il pensa qu'il n'y
avait plus à reculer, et qu'il fallait oublier
cette nuit d'agitations comme un rêve
dangereux.

Il trouva le père Léonard au seuil de sa
maison blanche, assis sur un beau banc de
bois peint en vert épinard. Il y avait six
marches de pierre disposées en perron, ce
qui faisait voir que la maison avait une
cave. Le mur du jardin et de la chènevière
était crépi à chaux et à sable. C'était une
belle habitation ; il s'en fallait de peu
qu'on ne la prît pour une maison de bourgeois.

Le futur beau-père vint au-devant de
Germain, et après lui avoir demandé, pendant cinq minutes, des nouvelles de toute
sa famille, il ajouta la phrase consacrée à
questionner poliment ceux qu'on ren-
contre, sur le but de leur voyage : *Vous
êtes donc venu pour vous promener par
ici ?*

— Je suis venu vous voir, répondit le laboureur, et vous présenter ce petit cadeau de gibier de la part de mon beau-père, en vous disant, aussi de sa part, que vous devez savoir dans quelles intentions je viens chez vous.

— Ah ! ah ! dit le père Léonard en riant et en frappant sur son estomac rebondi, je vois, j'entends, j'y suis ! Et, clignant de l'œil, il ajouta : Vous ne serez pas le seul à faire vos compliments, mon jeune homme. Il y en a déjà trois à la maison qui attendent comme vous. Moi, je ne renvoie personne, et je serais bien embarrassé de donner tort ou raison à quelqu'un, car ce sont tous de bons partis. Pourtant, à cause du père Maurice et de la qualité des terres que vous cultivez, j'aimerais mieux que ce fût vous. Mais ma fille est majeure et maîtresse de son bien ; elle agira donc selon son idée. Entrez, faites-vous connaître ; je souhaite que vous ayez le bon numéro !

— Pardon, excuse, répondit Germain, fort surpris de se trouver en surnuméraire là où il avait compté d'être seul. Je ne savais pas que votre fille fût déjà pourvue de prétendants, et je n'étais pas venu pour la disputer aux autres.

— Si vous avez cru que, parce que vous tardiez à venir, répondit, sans perdre sa bonne humeur, le père Léonard, ma fille se trouvait au dépourvu, vous vous êtes grandement trompé, mon garçon. La Catherine a de quoi attirer les épouseurs, et elle n'aura que l'embarras du choix.

Mais entrez à la maison, vous dis-je, et ne
perdez pas courage. C'est une femme qui
vaut la peine d'être disputée.

Et poussant Germain par les épaules
avec une rude gaîté : — Allons, Catherine,
s'écria-t-il en entrant dans la maison, en
voilà un de plus !

Cette manière joviale mais grossière
d'être présenté à la veuve, en présence de
ses autres soupirants, acheva de troubler
et de mécontenter le laboureur. Il se sentit
gauche et resta quelques instants sans
oser lever les yeux sur la belle et sur sa
cour.

La veuve Guérin était bien faite et ne
manquait pas de fraîcheur. Mais elle avait
une expression de visage et une toilette
qui déplurent tout d'abord à Germain.
Elle avait l'air hardi et content d'elle-
même, et ses cornettes garnies d'un triple
rang de dentelle, son tablier de soie, et son
fichu de blonde la noire étaient peu en
rapport avec l'idée qu'il s'était faite d'une
veuve sérieuse et rangée.

Cette recherche d'habillement et ces
manières dégagées la lui firent trouver
vieille et laide, quoiqu'elle ne fût ni l'un ni
l'autre. Il pensa qu'une si jolie parure et
des manières si enjouées siéraient à l'âge
et à l'esprit fin de la petite Marie, mais que
cette veuve avait la plaisanterie lourde et
hasardée, et qu'elle portait sans distinc-
tion ses beaux atours.

Les trois prétendants étaient assis à une
table chargée de vins et de viandes, qui

étaient là en permanence pour eux toute
la matinée du dimanche ; car le père Léonard aimait à faire montre de sa richesse,
et la veuve n'était pas fâchée non plus
d'étaler sa belle vaisselle, et de tenir table
comme une rentière. Germain, tout
simple et confiant qu'il était, observa les
choses avec assez de pénétration, et pour
la première fois de sa vie il se tint sur la
défensive en trinquant. Le père Léonard
l'avait forcé de prendre place avec ses
rivaux, et, s'asseyant lui-même vis-à-vis de
lui, il le traitait de son mieux, et s'occupait
de lui avec prédilection. Le cadeau de
gibier, malgré la brèche que Germain y
avait faite pour son propre compte, était
encore assez copieux pour produire de
l'effet. La veuve y parut sensible et les
prétendants y jetèrent un coup d'œil de
dédain.

Germain se sentait mal à l'aise en cette
compagnie et ne mangeait pas de bon
cœur. Le père Léonard l'en plaisanta. —
Vous voilà bien triste, lui dit-il, et vous
boudez contre votre verre. Il ne faut pas
que l'amour vous coupe l'appétit, car un
galant à jeun ne sait point trouver de
jolies paroles comme celui qui s'est
éclairci les idées avec une petite pointe de
vin. — Germain fut mortifié qu'on le sup-
posât déjà amoureux, et l'air maniéré de la
veuve, qui baissa les yeux en souriant,
comme une personne sûre de son fait, lui
donna l'envie de protester contre sa pré-
tendue défaite ; mais il craignit de
paraître incivil, sourit et prit patience.

Les galants de la veuve lui parurent
trois rustres. Il fallait qu'ils fussent bien
riches pour qu'elle admît leurs préten-
tions. L'un avait plus de quarante ans et
était quasi aussi gros que le père Léonard ;
un autre était borgne et buvait tant qu'il
en était abruti ; le troisième était jeune et
assez joli garçon ; mais il voulait faire de
l'esprit et disait des choses si plates que
cela faisait pitié. Pourtant la veuve en riait
comme si elle eût admiré toutes ces sot-
tises, et, en cela, elle ne faisait pas preuve
de goût. Germain crut d'abord qu'elle en
était coiffée ; mais bientôt il s'aperçut
qu'il était lui-même encouragé d'une
manière particulière, et qu'on souhaitait
qu'il se livrât davantage. Ce lui fut une
raison pour se sentir et se montrer plus
froid et plus grave.

L'heure de la messe arriva, et on se leva
de table pour s'y rendre ensemble. Il fallait aller jusqu'à Mers, à une bonne demi-
lieue de là, et Germain était si fatigué qu'il
eût fort souhaité avoir le temps de faire un
somme auparavant ; mais il n'avait pas
coutume de manquer la messe, et il se mit
en route avec les autres.

Les chemins étaient couverts de monde,
et la veuve marchait d'un air fier, escortée
de ses trois prétendants, donnant le bras
tantôt à l'un, tantôt à l'autre, se rengor-
geant et portant haut la tête. Elle eût fort
souhaité produire le quatrième aux yeux
des passants ; mais Germain trouva si
ridicule d'être traîné ainsi de compagnie,

par un cotillon, à la vue de tout le monde,
qu'il se tint à distance convenable, cau-
sant avec le père Léonard, et trouvant
moyen de le distraire et de l'occuper assez
pour qu'ils n'eussent point l'air de faire
partie de la bande.

XIII

LE MAÎTRE

Lorsqu'ils atteignirent le village, la veuve s'arrêta pour les attendre. Elle voulait absolument faire son entrée avec tout son monde ; mais Germain, lui refusant cette satisfaction, quitta le père Léonard, accosta plusieurs personnes de sa connaissance, et entra dans l'église par une autre porte. La veuve en eut du dépit.

Après la messe, elle se montra partout triomphante sur la pelouse où l'on dansait, et ouvrit la danse avec ses trois amoureux successivement. Germain la regarda faire, et trouva qu'elle dansait bien, mais avec affectation.

— Eh bien ! lui dit Léonard en lui frappant sur l'épaule, vous ne faites donc pas danser ma fille ? Vous êtes aussi par trop timide !

— Je ne danse plus depuis que j'ai perdu ma femme, répondit le laboureur.

— Eh bien ! puisque vous en recherchez une autre, le deuil est fini dans le cœur comme sur l'habit.

— Ce n'est pas une raison, père Léonard ; d'ailleurs je me trouve trop vieux, je n'aime plus la danse.

— Écoutez, reprit Léonard en l'attirant
dans un endroit isolé, vous avez pris du
dépit en entrant chez moi, de voir la place
déjà entourée d'assiégeants, et je vois que
vous êtes très fier ; mais ceci n'est pas raisonnable, mon garçon. Ma fille est habituée
à être courtisée, surtout depuis deux ans
qu'elle a fini son deuil, et ce n'est pas à elle
à aller au-devant de vous.

— Il y a déjà deux ans que votre fille est à
marier, et elle n'a pas encore pris son
parti ? dit Germain.

— Elle ne veut pas se presser, et elle a
raison. Quoiqu'elle ait la mine éveillée et
qu'elle vous paraisse peut-être ne pas beaucoup réfléchir, c'est une femme d'un grand
sens, et qui sait fort bien ce qu'elle fait.

— Il ne me semble pas, dit Germain
ingénument, car elle a trois galants à sa
suite, et si elle savait ce qu'elle veut, il y en
aurait au moins deux qu'elle trouverait de
trop et qu'elle prierait de rester chez eux.

— Pourquoi donc ? vous n'y entendez
rien, Germain. Elle ne veut ni du vieux, ni
du borgne, ni du jeune, j'en suis quasi certain ; mais si elle les renvoyait, on penserait
qu'elle veut rester veuve, et il n'en viendrait
pas d'autre.

— Ah ! oui ! ceux-là servent d'enseigne !

— Comme vous dites. Où est le mal, si
cela leur convient ?

— Chacun son goût ! dit Germain.

— Je vois que ce ne serait pas le vôtre.
Mais voyons, on peut s'entendre, à supposer que vous soyez préféré : on pourrait
vous laisser la place.

— Oui, à supposer ! Et en attendant qu'on puisse le savoir, combien de temps faudrait-il rester le nez au vent ?

— Ça dépend de vous, je crois, si vous savez parler et persuader. Jusqu'ici ma fille a très bien compris que le meilleur temps de sa vie serait celui qu'elle passerait à se laisser courtiser, et elle ne se sent pas pressée de devenir la servante d'un homme, quand elle peut commander à plusieurs. Ainsi, tant que le jeu lui plaira elle peut se divertir ; mais si vous plaisez plus que le jeu, le jeu pourra cesser. Vous n'avez qu'à ne pas vous rebuter. Revenez tous les dimanches, faites-là danser, donnez à connaître que vous vous mettez sur les rangs, et si on vous trouve plus aimable et mieux appris que les autres, un beau jour on vous le dira sans doute.

— Pardon, père Léonard, votre fille a le droit d'agir comme elle l'entend, et je n'ai pas celui de la blâmer. A sa place, moi, j'agirais autrement ; j'y mettrais plus de franchise et je ne ferais pas perdre du temps à des hommes qui ont sans doute quelque chose de mieux à faire qu'à tourner autour d'une femme qui se moque d'eux. Mais, enfin, si elle trouve son amusement et son bonheur à cela, cela ne me regarde point. Seulement, il faut que je vous dise une chose qui m'embarrasse un peu à vous avouer depuis ce matin, vu que vous avez commencé par vous tromper sur mes intentions, et que vous ne m'avez pas donné le temps de vous répondre : si bien que vous

croyez ce qui n'est point. Sachez donc que
je ne suis pas venu ici dans la vue de
demander votre fille en mariage, mais dans
celle de vous acheter une paire de bœufs
que vous voulez conduire en foire la
semaine prochaine, et que mon beau-père
suppose lui convenir.

— J'entends, Germain, répondit Léonard
fort tranquillement ; vous avez changé
d'idée en voyant ma fille avec ses amoureux. C'est comme il vous plaira. Il paraît
que ce qui attire les uns rebute les autres, et
vous avez le droit de vous retirer puisque
aussi bien vous n'avez pas encore parlé. Si
vous voulez sérieusement acheter mes
bœufs, venez les voir au pâturage ; nous en
causerons, et, que nous fassions ou non ce
marché, vous viendrez dîner avec nous
avant de vous en retourner.

— Je ne veux pas que vous vous déran-
giez, reprit Germain, vous avez peut-être
affaire ici ; moi je m'ennuie un peu de voir
danser et de ne rien faire. Je vais voir vos
bêtes, et je vous trouverai tantôt chez vous.

Là-dessus Germain s'esquiva et se dirigea
vers les prés, où Léonard lui avait, en effet,
montré de loin une partie de son bétail. Il
était vrai que le père Maurice en avait à
acheter, et Germain pensa que s'il lui rame-
nait une belle paire de bœufs d'un prix
modéré, il se ferait mieux pardonner
d'avoir manqué volontairement le but de
son voyage.

Il marcha vite et se trouva bientôt à peu
de distance des Ormeaux. Il éprouva alors

le besoin d'aller embrasser son fils, et même de revoir la petite Marie, quoiqu'il eût perdu l'espoir et chassé la pensée de lui devoir son bonheur. Tout ce qu'il venait de voir et d'entendre, cette femme coquette et vaine, ce père à la fois rusé et borné, qui encourageait sa fille dans des habitudes d'orgueil et de déloyauté, ce luxe des villes, qui lui paraissait une infraction à la dignité des mœurs de la campagne, ce temps perdu à des paroles oiseuses et niaises, cet intérieur si différent du sien, et surtout ce malaise profond que l'homme des champs éprouve lorsqu'il sort de ses habitudes laborieuses, tout ce qu'il avait subi d'ennui et de confusion depuis quelques heures donnait à Germain l'envie de se retrouver avec son enfant et sa petite voisine. N'eût-il pas été amoureux de cette dernière, il l'aurait encore cherchée pour se distraire et remettre ses esprits dans leur assiette accoutumée.

Mais il regarda en vain dans les prairies environnantes, il n'y trouva ni la petite Marie ni le petit Pierre : il était pourtant l'heure où les pasteurs sont aux champs. Il y avait un grand troupeau dans une *chôme* ; il demanda à un jeune garçon, qui le gardait, si c'étaient les moutons de la métairie des Ormeaux.

— Oui, dit l'enfant.

— En êtes-vous le berger ? est-ce que les garçons gardent les bêtes à laine des métairies dans votre endroit ?

— Non. Je les garde aujourd'hui parce que la bergère est partie : elle était malade.

— Mais n'avez-vous pas une nouvelle bergère, arrivée de ce matin ?

— Oh ! bien oui ! elle est déjà partie aussi.

— Comment, partie ? n'avait-elle pas un enfant avec elle ?

— Oui : un petit garçon qui a pleuré. Ils se sont en allés tous les deux au bout de deux heures.

— En allés, où ?

— D'où ils venaient, apparemment. Je ne leur ai pas demandé.

— Mais pourquoi donc s'en allaient-ils ? dit Germain de plus en plus inquiet.

— Dame ! est-ce que je sais ?

— On ne s'est pas entendu sur le prix ? ce devait être pourtant une chose convenue d'avance.

— Je ne peux rien vous en dire. Je les ai vus entrer et sortir, voilà tout.

Germain se dirigea vers la ferme et questionna les métayers. Personne ne put lui expliquer le fait ; mais il était constant qu'après avoir causé avec le fermier, la jeune fille était partie sans rien dire, emmenant l'enfant qui pleurait.

— Est-ce qu'on a maltraité mon fils ? s'écria Germain dont les yeux s'enflammèrent.

— C'était donc votre fils ? Comment se trouvait-il avec cette petite ? D'où êtes-vous donc, et comment vous appelle-t-on ?

Germain, voyant que, selon l'habitude du pays, on allait répondre à ses questions par d'autres questions, frappa du pied avec impatience et demanda à parler au maître.

Le maître n'y était pas : il n'avait pas coutume de rester toute la journée entière quand il venait à la ferme. Il était monté à cheval, et il était parti on ne savait pour quelle autre de ses fermes.

— Mais enfin, dit Germain en proie à une vive anxiété, ne pouvez-vous savoir la raison du départ de cette jeune fille ?

Le métayer échangea un sourire étrange avec sa femme, puis il répondit qu'il n'en savait rien, que cela ne le regardait pas. Tout ce que Germain put apprendre, c'est que la jeune fille et l'enfant étaient allés du côté de Fourche. Il courut à Fourche : la veuve et ses amoureux n'étaient pas de retour, non plus que le père Léonard. La servante lui dit qu'une jeune fille et un enfant étaient venus le demander, mais que, ne les connaissant pas, elle n'avait pas voulu les recevoir, et leur avait conseillé d'aller à Mers.

— Et pourquoi avez-vous refusé de les recevoir ? dit Germain avec humeur. On est donc bien méfiant dans ce pays-ci, qu'on n'ouvre pas la porte à son prochain ?

— Ah dame ! répondit la servante, dans une maison riche comme celle-ci on a raison de faire bonne garde. Je réponds de tout quand les maîtres sont absents, et je ne peux pas ouvrir aux premiers venus.

— C'est une laide coutume, dit Germain, et j'aimerais mieux être pauvre que de vivre comme cela dans la crainte. Adieu, la fille ! adieu à votre vilain pays !

Il s'enquit dans les maisons environnantes. On avait vu la bergère et l'entant. Comme le petit était parti de Belair à l'improviste, sans toilette, avec sa blouse un peu déchirée et sa petite peau d'agneau sur le corps ; comme aussi la petite Marie était, pour cause, fort pauvrement vêtue en tout temps, on les avait pris pour des mendiants. On leur avait offert du pain ; la jeune fille en avait accepté un morceau pour l'entant qui avait faim, puis elle était partie très vite avec lui, et avait gagné les bois.

Germain réfléchit un instant, puis il demanda si le fermier des Ormeaux n'était pas venu à Fourche.

— Oui, lui répondit-on ; il a passé à cheval peu d'instants après cette petite.

— Est-ce qu'il a couru après elle ?

— Ah ! vous le connaissez donc ? dit en riant le cabaretier de l'endroit, auquel il s'adressait. Oui, certes ; c'est un gaillard endiablé pour courir après les filles. Mais je ne crois pas qu'il ait attrapé celle-là ; quoique après tout, s'il l'eût vue...

— C'est assez, merci ! Et il vola plutôt qu'il ne courut à l'écurie de Léonard. Il jeta la bâtine sur la Grise, sauta dessus, et partit au grand galop dans la direction des bois de Chanteloube.

Le cœur lui bondissait d'inquiétude et de colère, la sueur lui coulait du front. Il mettait en sang les flancs de la Grise, qui, en se voyant sur le chemin de son écurie, ne se faisait pourtant pas prier pour courir.

XIV

LA VIEILLE

Germain se retrouva bientôt à l'endroit où il avait passé la nuit au bord de la mare. Le feu fumait encore ; une vieille femme ramassait le reste de la provision de bois mort que la petite Marie y avait entassée. Germain s'arrêta pour la questionner. Elle était sourde, et, se méprenant sur ses interrogations :

— Oui, mon garçon, dit-elle, c'est ici la Mare au Diable. C'est un mauvais endroit, et il ne faut pas en approcher sans jeter trois pierres dedans de la main gauche, en faisant le signe de la croix de la main droite : ça éloigne les esprits. Autrement il arrive des malheurs à ceux qui en font le tour.

— Je ne vous parle pas de ça, dit Germain en s'approchant d'elle et en criant à tue-tête : « N'avez-vous pas vu passer dans le bois une fille et un enfant ?

— Oui, dit la vieille, il s'est noyé un petit enfant !

Germain frémit de la tête aux pieds ; mais heureusement, la vieille ajouta :

— Il y a bien longtemps de ça ; en

mémoire de l'accident on y avait planté une belle croix ; mais par une belle nuit de grand orage, les mauvais esprits l'ont jetée dans l'eau. On peut en voir encore un bout. Si quelqu'un avait le malheur de s'arrêter ici la nuit, il serait bien sûr de ne pouvoir jamais en sortir avant le jour. Il aurait beau marcher, marcher, il pourrait faire deux cents lieues dans le bois et se retrouver toujours à la même place.

L'imagination du laboureur se frappa malgré lui de ce qu'il entendait, et l'idée du malheur qui devait arriver pour achever de justifier les assertions de la vieille femme, s'empara si bien de sa tête, qu'il se sentit froid par tout le corps. Désespérant d'obtenir d'autres renseignements, il remonta à cheval et recommença de parcourir le bois en appelant Pierre de toutes ses forces, et en sifflant, faisant claquer son fouet, cassant les branches pour emplir la forêt du bruit de sa marche, écoutant ensuite si quelque voix lui répondait ; mais il n'entendait que la cloche des vaches éparses dans les taillis, et le cri sauvage des porcs qui se disputaient la glandée.

Enfin Germain entendit derrière lui le bruit d'un cheval qui courait sur ses traces, et un homme entre deux âges, brun, robuste, habillé comme un demi-bourgeois, lui cria de s'arrêter. Germain n'avait jamais vu le fermier des Ormeaux ; mais un instinct de rage lui fit juger de suite que c'était lui. Il se retourna, et, le toisant de la tête aux pieds, il attendit ce qu'il avait à lui dire.

— N'avez-vous pas vu passer par ici une jeune fille de quinze ou seize ans, avec un petit garçon ? dit le fermier en affectant un air d'indifférence, quoiqu'il fût visiblement ému.

— Et que lui voulez-vous ? répondit Germain sans chercher à déguiser sa colère.

— Je pourrais vous dire que ça ne vous regarde pas, mon camarade ! mais comme je n'ai pas de raisons pour le cacher, je vous dirai que c'est une bergère que j'avais louée pour l'année sans la connaître... Quand je l'ai vue arriver, elle m'a semblé trop jeune et trop faible pour l'ouvrage de la ferme. Je l'ai remerciée, mais je voulais lui payer les frais de son petit voyage, et elle est partie fâchée pendant que j'avais le dos tourné... Elle s'est tant pressée, qu'elle a même oublié une partie de ses effets et sa bourse, qui ne contient pas grand'chose, à coup sûr ; quelques sous probablement !... mais enfin, comme j'avais à passer par ici, je pensais la rencontrer et lui remettre ce qu'elle a oublié et ce que je lui dois.

Germain avait l'âme trop honnête pour ne pas hésiter en entendant cette histoire, sinon très vraisemblable, du moins possible. Il attachait un regard perçant sur le fermier, qui soutenait cette investigation avec beaucoup d'impudence ou de candeur.

« Je veux en avoir le cœur net », se dit Germain, et, contenant son indignation.

— C'est une fille de chez nous, dit-il ; je la connais : elle doit être par ici... Avançons ensemble... nous la retrouverons sans doute.

— Vous avez raison, dit le fermier. Avançons... et pourtant, si nous ne la trouvons pas au bout de l'avenue, j'y renonce... car il faut que je prenne le chemin d'Ardentes.

— Oh ! pensa le laboureur, je ne te quitte pas ! quand même je devrais tourner pendant vingt-quatre heures avec toi autour de la Mare au Diable !

— Attendez ! dit tout à coup Germain en fixant des yeux une touffe de genêts qui s'agitait singulièrement : holà ! holà ! Petit-Pierre, est-ce toi, mon enfant ?

L'enfant, reconnaissant la voix de son père, sortit des genêts en sautant comme un chevreuil, mais quand il le vit dans la compagnie du fermier, il s'arrêta comme effrayé et resta incertain.

— Viens, mon Pierre ! viens, c'est moi ! s'écria le laboureur en courant après lui, et en sautant à bas de son cheval pour le prendre dans ses bras : et où est la petite Marie ?

— Elle est là, qui se cache, parce qu'elle a peur de ce vilain homme noir, et moi aussi.

— Eh ! sois tranquille ; je suis là... Marie ! Marie ! c'est moi !

Marie approcha en rampant, et dès qu'elle vit Germain, que le fermier suivait de près, elle courut se jeter dans ses bras ; et, s'attachant à lui comme une fille à son père :

— Ah ! mon brave Germain, lui dit-elle, vous me défendrez ; je n'ai pas peur avec vous.

Germain eut le frisson. Il regarda Marie :

elle était pâle, ses vêtements étaient
déchirés par les épines où elle avait couru,
cherchant le fourré, comme une biche tra-
quée par les chasseurs. Mais il n'y avait ni
honte ni désespoir sur sa figure.

— Ton maître veut te parler, lui dit-il, en
observant toujours ses traits.

— Mon maître ? dit-elle fièrement ; cet
homme-là n'est pas mon maître et ne le
sera jamais !... C'est vous, Germain, qui êtes
mon maître. Je veux que vous me rameniez
avec vous... Je vous servirai pour rien !

Le fermier s'était avancé, feignant un peu
d'impatience.

— Hé ! la petite, dit-il, vous avez oublié
chez nous quelque chose que je vous rapporte.

— Nenni, Monsieur, répondit la petite
Marie, je n'ai rien oublié, et je n'ai rien à
vous demander...

— Écoutez un peu ici, reprit le fermier,
j'ai quelque chose à vous dire, moi !..
Allons !... n'ayez pas peur... deux mots seulement...

— Vous pouvez les dire tout haut... je
n'ai pas de secrets avec vous.

— Venez prendre votre argent, au moins.

— Mon argent ? Vous ne me devez rien,
Dieu merci !

— Je m'en doutais bien, dit Germain à
demi-voix ; mais c'est égal, Marie... écoute
ce qu'il a à te dire... car, moi, je suis curieux
de le savoir. Tu me le diras après ; j'ai mes
raisons pour ça. Va auprès de son cheval...
je ne te perds pas de vue.

Marie fit trois pas vers le fermier, qui lui dit, en se penchant sur le pommeau de sa selle et en baissant la voix :

— Petite, voilà un beau louis d'or pour toi ! tu ne diras rien, entends-tu ? Je dirai que je t'ai trouvée trop faible pour l'ouvrage de ma ferme... Et qu'il ne soit plus question de ça... Je repasserai par chez vous un de ces jours ; et si tu n'as rien dit, je te donnerai encore quelque chose... Et puis, si tu es plus raisonnable, tu n'as qu'à parler : je te ramènerai chez moi, ou bien, j'irai causer avec toi à la brune dans les prés. Quel cadeau veux-tu que je te porte ?

— Voilà, monsieur, le cadeau que je vous fais, moi ! répondit à haute voix la petite Marie, en lui jetant son louis d'or au visage, et même assez rudement. Je vous remercie beaucoup, et vous prie, quand vous repasserez par chez nous, de me faire avertir : tous les garçons de mon endroit iront vous recevoir, parce que chez nous, on aime fort les bourgeois qui veulent en conter aux pauvres filles ! Vous verrez ça, on vous attendra.

— Vous êtes une menteuse et une sotte langue ! dit le fermier courroucé, en levant son bâton d'un air de menace. Vous voudriez faire croire ce qui n'est point, mais vous ne me tirerez pas d'argent : on connaît vos pareilles !

Marie s'était reculée effrayée ; mais Germain s'était élancé à la bride du cheval du fermier, et le secouant avec force :

— C'est entendu, maintenant ! dit-il, et

nous voyons de quoi il retourne... A terre !
mon homme ! à terre ! et causons tous les
deux !

Le fermier ne se souciait pas d'engager la
partie : il éperonna son cheval pour se
dégager, et voulut frapper de son bâton les
mains du laboureur pour lui faire lâcher
prise ; mais Germain esquiva le coup, et, lui
prenant la jambe, il le désarçonna et le fit
tomber sur la fougère, où il le terrassa,
quoique le fermier se fût remis sur ses
pieds et se défendît vigoureusement. Quand
il le tint sous lui :

— Homme de peu de cœur ! lui dit Germain, je pourrais te rouer de coups si je
voulais ! Mais je n'aime pas à faire du mal,
et d'ailleurs aucune correction n'amende-
rait ta conscience... Cependant, tu ne bou-
geras pas d'ici que tu n'aies demandé pardon, à genoux, à cette jeune fille.

Le fermier, qui connaissait ces sortes
d'affaires, voulut prendre la chose en plaisanterie. Il prétendit que son péché n'était
pas si grave, puisqu'il ne consistait qu'en
paroles, et qu'il voulait bien demander pardon, à condition qu'il embrasserait la fille,
que l'on irait boire une pinte de vin au
prochain cabaret, et qu'on se quitterait
bons amis.

— Tu me fais peine ! répondit Germain
en lui poussant la face contre terre, et j'ai
hâte de ne plus voir ta méchante mine.
Tiens, rougis si tu peux, et tâche de prendre
le chemin des *affronteux* quand tu passeras
par chez nous.

Il ramassa le bâton de houx du fermier, le brisa sur son genou pour lui montrer la force de ses poignets, et en jeta les morceaux au loin avec mépris.

Puis, prenant d'une main son fils, et de l'autre la petite Marie, il s'éloigna tout tremblant d'indignation.

XV

LE RETOUR À LA FERME

Au bout d'un quart d'heure ils avaient franchi les brandes. Ils trottaient sur la grand'route, et la Grise hennissait à chaque objet de sa connaissance. Petit-Pierre racontait à son père ce qu'il avait pu comprendre dans ce qui s'était passé.

— Quand nous sommes arrivés, dit-il, cet *homme-là* est venu pour parler à *ma Marie* dans la bergerie où nous avons été tout de suite, pour voir les beaux moutons. Moi, j'étais monté dans la crèche pour jouer, et cet *homme-là* ne me voyait pas. Alors il a dit bonjour à ma Marie, et il l'a embrassée.

— Tu t'es laissé embrasser, Marie ? dit Germain tout tremblant de colère.

— J'ai cru que c'était une honnêteté, une coutume de l'endroit aux arrivées, comme, chez vous, la grand'mère embrasse les jeunes filles qui entrent à son service, pour leur faire voir qu'elle les adopte et qu'elle leur sera comme une mère.

— Et puis alors, reprit Petit-Pierre, qui était fier d'avoir à raconter une aventure, cet *homme-là* t'a dit quelque chose de

vilain, quelque chose que tu m'as dit de ne
jamais répéter et de ne pas m'en souvenir :
aussi je l'ai oublié bien vite. Cependant, si
mon père veut que je lui dise ce que
c'était...

— Non, mon Pierre, je ne veux pas
l'entendre, et je veux que tu ne t'en sou-
viennes jamais.

— En ce cas, je vas l'oublier encore,
reprit l'enfant. Et puis alors, cet *homme-là* a
eu l'air de se fâcher parce que Marie lui
disait qu'elle s'en irait. Il lui a dit qu'il lui
donnerait tout ce qu'elle voudrait, cent
francs ! Et ma Marie s'est fâchée aussi.
Alors il est venu contre elle, comme s'il
voulait lui faire du mal. J'ai eu peur et je me
suis jeté contre Marie en criant. Alors cet
homme-là a dit comme ça : « Qu'est-ce que
c'est que ça ? d'où sort cet enfant-là ? Met-
tez-moi ça dehors. » Et il a levé son bâton
pour me battre. Mais ma Marie l'a empê-
ché, et elle lui a dit comme ça : « Nous
causerons plus tard, monsieur ; à présent il
faut que je conduise cet enfant-là, à
Fourche, et puis je reviendrai. » Et aussitôt
qu'il a été sorti de la bergerie, ma Marie m'a
dit comme ça : « Sauvons-nous, mon
Pierre, allons-nous-en d'ici bien vite, car cet
homme-là est méchant, et il ne nous ferait
que du mal. » Alors nous avons passé derrière les granges, nous avons passé un petit
pré, et nous avons été à Fourche pour te
chercher. Mais tu n'y étais pas et on n'a pas
voulu nous laisser t'attendre. Et alors cet
homme-là, qui était monté sur son cheval

noir, est venu derrière nous, et nous nous
sommes sauvés plus loin, et puis nous
avons été nous cacher dans le bois. Et puis
il y est venu aussi, et quand nous l'enten-
dions venir, nous nous cachions. Et puis,
quand il avait passé, nous recommencions
à courir pour nous en aller chez nous ; et
puis enfin tu es venu, et tu nous a trouvés ;
et voilà comme tout ça est arrivé. N'est-ce
pas, Marie, que je n'ai rien oublié ?

— Non, mon Pierre et c'est la vérité. A
présent, Germain, vous rendrez témoignage
pour moi, et vous direz à tout le monde de
chez nous que si je n'ai pas pu rester là-bas
ce n'est pas faute de courage et d'envie de
travailler.

— Et toi, Marie, dit Germain, je te prie-
rai de te demander à toi-même si, quand il
s'agit de défendre une femme et de punir
un insolent, un homme de vingt-huit ans
n'est pas trop vieux ! Je voudrais un peu
savoir si Bastien, ou tout autre joli garçon,
riche de dix ans moins que moi, n'aurait
pas été écrasé par cet *homme-là*, comme dit
Petit-Pierre : qu'en penses-tu ?

— Je pense, Germain, que vous m'avez
rendu un grand service, et que je vous en
remercierai toute ma vie.

— C'est là tout !

— Mon petit père, dit l'enfant, je n'ai pas
pensé à dire à la petite Marie ce que je
t'avais promis. Je n'ai pas eu le temps, mais
je le lui dirai à la maison, et je le dirai aussi
à ma grand'mère.

Cette promesse de son enfant donna

enfin à réfléchir à Germain. Il s'agissait maintenant de s'expliquer avec ses parents, et, en leur disant ses griefs contre la veuve Guérin, de ne pas leur dire quelles autres idées l'avaient disposé à tant de clair-voyance et de sévérité. Quand on est heu-reux et fier, le courage de faire accepter son bonheur aux autres paraît facile ; mais être rebuté d'un côté, blâmé de l'autre, ne fait pas une situation fort agréable.

Heureusement, le petit Pierre dormait quand ils arrivèrent à la métairie, et Ger-main le déposa, sans l'éveiller, sur son lit. Puis il entra sur toutes les explications qu'il put donner. Le père Maurice, assis sur son escabeau à trois pieds, à l'entrée de la mai-son, l'écouta gravement, et, quoiqu'il fût mécontent du résultat de ce voyage, lorsque Germain en racontant le système de coquetterie de la veuve, demanda à son beau-père s'il avait le temps d'aller cin-quante-deux dimanches de l'année faire sa cour, pour risquer d'être renvoyé au bout de l'an, le beau-père répondit, en inclinant la tête en signe d'adhésion : — Tu n'as pas tort, Germain ; ça ne se pouvait pas. — Et ensuite, quand Germain raconta comme quoi il avait été forcé de ramener la petite Marie au plus vite pour la soustraire aux insultes, peut-être aux violences d'un indigne maître, le père Maurice approuva encore de la tête en disant : — Tu n'as pas eu tort, Germain ; ça se devait.

Quand Germain eut achevé son récit et donné toutes ses raisons, le beau-père et la

belle-mère firent simultanément un gros
soupir de résignation, en se regardant.
Puis, le chef de famille se leva en disant : —
Allons ! que la volonté de Dieu soit faite !
l'amitié ne se commande pas !

— Venez souper, Germain, dit la belle-
mère. Il est malheureux que ça ne se soit
pas mieux arrangé ; mais, enfin, Dieu ne le
voulait pas, à ce qu'il paraît. Il faudra voir
ailleurs.

— Oui, ajouta le vieillard, comme dit ma
femme, on verra ailleurs.

Il n'y eut pas d'autre bruit à la maison, et
quand, le lendemain, le petit Pierre se leva
avec les alouettes, au point du jour, n'étant
plus excité par les événements extraordi-
naires des jours précédents, il retomba
dans l'apathie des petits paysans de son
âge, oublia tout ce qui lui avait trotté par la
tête, et ne songea plus qu'à jouer avec ses
frères et à *faire l'homme* avec les bœufs et
les chevaux.

Germain essaya d'oublier aussi, en se
replongeant dans le travail ; mais il devint
si triste et si distrait, que tout le monde le
remarqua. Il ne parlait pas à la petite
Marie, il ne la regardait même pas ; et pourtant, si on lui eût demandé dans quel pré
elle était et par quel chemin elle avait passé,
il n'était point d'heure du jour ou il n'eût pu
le dire s'il avait voulu répondre. Il n'avait
pas osé demander à ses parents de la
recueillir à la ferme pendant l'hiver, et
pourtant il savait bien qu'elle devait souffrir
de la misère. Mais elle n'en souffrit pas, et

la mère Guillette ne put jamais comprendre comment sa petite provision de bois ne diminuait point, et comment son hangar se trouvait rempli le matin lorsqu'elle l'avait laissé presque vide le soir. Il en fut de même du blé et des pommes de terre. Quelqu'un passait par la lucarne du grenier, et vidait un sac sur le plancher sans réveiller personne et sans laisser de traces. La vieille en fut à la fois inquiète et réjouie ; elle engagea sa fille à n'en point parler, disant que si on venait à savoir le miracle qui se faisait chez elle, on la tiendrait pour sorcière. Elle pensait bien que le diable s'en mêlait, mais elle n'était pas pressée de se brouiller avec lui en appelant les exorcismes du curé sur sa maison ; elle se disait qu'il serait temps, lorsque Satan viendrait lui demander son âme en retour de ses bienfaits.

La petite Marie comprenait mieux la vérité, mais elle n'osait en parler à Germain, de peur de le voir revenir à son idée de mariage, et elle feignait avec lui de ne s'apercevoir de rien.

XVI

LA MÈRE MAURICE

Un jour la mère Maurice se trouvant
seule dans le verger avec Germain, lui dit
d'un air d'amitié : — Non pauvre gendre, je
crois que vous n'êtes pas bien. Vous ne
mangez pas aussi bien qu'à l'ordinaire,
vous ne riez plus, vous causez de moins en
moins. Est-ce que quelqu'un de chez nous,
ou nous-mêmes, sans le savoir et sans le
vouloir, vous avons fait de la peine ?

— Non, ma mère, répondit Germain,
vous avez toujours été aussi bonne pour
moi que la mère qui m'a mis au monde, et
je serais un ingrat si je me plaignais de
vous, ou de votre mari, ou de personne de
la maison.

— En ce cas, mon enfant, c'est le chagrin
de la mort de votre femme qui vous revient.
Au lieu de s'en aller avec le temps, votre
ennui empire et il faut absolument faire ce
que votre beau-père vous a dit fort sagement : il faut vous remarier.

— Oui, ma mère, ce serait aussi mon
idée ; mais les femmes que vous m'avez
conseillé de rechercher ne me conviennent
pas. Quand je les vois, au lieu d'oublier ma
Catherine, j'y pense davantage.

— C'est qu'apparemment, Germain, nous n'avons pas su deviner votre goût. Il faut donc que vous nous aidiez en nous disant la vérité. Sans doute il y a quelque part une femme qui est faite pour vous, car le bon Dieu ne fait personne sans lui réserver son bonheur dans une autre personne. Si donc vous savez où la prendre, cette femme qu'il vous faut, prenez-la ; et qu'elle soit belle ou laide, jeune ou vieille, riche ou pauvre, nous sommes décidés, mon vieux et moi, à vous donner consentement ; car nous sommes fatigués de vous voir triste, et nous ne pouvons pas vivre tranquilles si vous ne l'êtes point.

— Ma mère vous êtes aussi bonne que le bon Dieu, et mon père pareillement, répondit Germain ; mais votre compassion ne peut pas porter remède à mes ennuis : la fille que je voudrais ne veut point de moi.

— C'est donc qu'elle est trop jeune ? S'attacher à une jeunesse est déraison pour vous.

— Eh bien ! oui, bonne mère, j'ai cette folie de m'être attaché à une jeunesse, et je m'en blâme. Je fais mon possible pour n'y plus penser ; mais que je travaille ou que je me repose, que je sois à la messe ou dans mon lit, avec mes enfants ou avec vous, j'y pense toujours, je ne peux penser à autre chose.

— Alors c'est comme un sort qu'on vous a jeté, Germain ? Il n'y a à ça qu'un remède, c'est que cette fille change d'idée et vous écoute. Il faudra donc que je m'en mêle, et que je voie si c'est possible. Vous allez me dire où elle est et comment on l'appelle.

— Hélas ! ma chère mère, je n'ose pas, dit Germain, parce que vous allez vous moquer de moi.

— Je ne me moquerai pas de vous, Germain, parce que vous êtes dans la peine et que je ne veux pas vous y mettre davantage. Serait-ce point la Fanchette ?

— Non, ma mère, ça ne l'est point.

— Ou la Rosette ?

— Non.

— Dites donc, car je n'en finirai pas, s'il faut que je nomme toutes les filles du pays.

Germain baissa la tête et ne put se décider à répondre.

— Allons ! dit la mère Maurice, je vous laisse tranquille pour aujourd'hui, Germain ; peut-être que demain vous serez plus confiant avec moi, ou bien que votre belle-sœur sera plus adroite à vous questionner.

Et elle ramassa sa corbeille pour aller étendre son linge sur les buissons.

Germain fit comme les enfants qui se décident quand ils voient qu'on ne s'occupera plus d'eux. Il suivit sa belle-mère, et lui nomma enfin en tremblant *la petite Marie à la Guillette.*

Grande fut la surprise de la mère Maurice : c'était la dernière à laquelle elle eût songé. Mais elle eut la délicatesse de ne point se récrier, et de faire mentalement ses commentaires. Puis, voyant que son silence accablait Germain, elle lui tendit sa cor-

beille en lui disant. — Alors est-ce une raison pour ne point m'aider dans mon travail ? Portez donc cette charge, et venez
parler avec moi. Avez-vous bien réfléchi,
Germain ? êtes-vous bien décidé ?

— Hélas ! ma chère mère, ce n'est pas
comme cela qu'il faut parler : je serais
décidé si je pouvais réussir ; mais comme je
ne serais pas écouté, je ne suis décide qu'à
m'en guérir si je peux.

— Et si vous ne pouvez pas ?

— Toute chose a son terme, mère Maurice : quand le cheval est trop chargé, il
tombe ; et quand le bœuf n'a rien à manger,
il meurt.

— C'est donc à dire que vous mourrez, si
vous ne réussissez point ? A Dieu ne plaise,
Germain ! Je n'aime pas qu'un homme
comme vous dise de ces choses-là, parce
que quand il les dit il les pense. Vous êtes
d'un grand courage, et la faiblesse est dan-
gereuse chez les gens forts. Allons, prenez
de l'espérance. Je ne conçois pas qu'une
fille dans la misère, et à laquelle vous faites
beaucoup d'honneur en la recherchant,
puisse vous refuser.

— C'est pourtant la vérité, elle me refuse.

— Et quelles raisons vous en donne-
t-elle ?

— Que vous lui avez toujours fait du
bien, que sa famille doit beaucoup à la
vôtre, et qu'elle ne veut point vous déplaire
en me détournant d'un mariage riche.

— Si elle dit cela, elle prouve de bons
sentiments, et c'est honnête de sa part.

Mais en vous disant cela, Germain, elle ne vous guérit point, car elle vous dit sans doute qu'elle vous aime, et qu'elle vous épouserait si nous le voulions ?

— Voilà le pire ! elle dit que son cœur n'est point porté vers moi.

— Si elle dit ce qu'elle ne pense pas, pour mieux vous éloigner d'elle, c'est une enfant qui mérite que nous l'aimions et que nous passions par-dessus sa jeunesse à cause de sa grande raison.

— Oui ? dit Germain, frappé d'une espérance qu'il n'avait pas encore conçue : ça serait bien sage et bien *comme il faut* de sa part ! mais si elle est si raisonnable, je crains bien que c'est à cause que je lui déplais.

— Germain, dit la mère Maurice, vous allez me promettre de vous tenir tranquillement pendant toute la semaine, de ne point vous tourmenter, de manger, de dormir, et d'être gai comme autrefois. Moi, je parlerai à mon vieux, et si je le fais consentir, vous aurez alors le vrai sentiment de la fille à votre endroit.

Germain promit, et la semaine se passa sans que le père Maurice lui dît un mot en particulier et parût se douter de rien. Le laboureur s'efforça de paraître tranquille, mais il était toujours plus pâle et plus tourmenté.

XVII

LA PETITE MARIE

Enfin, le dimanche matin, au sortir de la messe, sa belle-mère lui demanda ce qu'il avait obtenu de sa bonne amie depuis la conversation dans le verger.

— Mais, rien du tout, répondit-il. Je ne lui ai pas parlé.

— Comment donc voulez-vous la persuader si vous ne lui parlez pas ?

— Je ne lui ai parlé qu'une fois, répondit Germain. C'est quand nous avons été ensemble à Fourche ; et, depuis ce temps-là, je ne lui ai pas dit un seul mot. Son refus m'a fait tant de peine que j'aime mieux ne pas l'entendre recommencer à me dire qu'elle ne m'aime pas.

— Eh bien, mon fils, il faut lui parler maintenant ; votre beau-père vous autorise à le faire. Allez, décidez-vous ! je vous le dis, et, s'il le faut, je le veux ; car vous ne pouvez pas rester dans ce doute-là.

Germain obéit. Il arriva chez la Guillette, la tête basse et l'air accablé. La petite Marie était seule au coin du feu, si pensive qu'elle n'entendit pas venir Germain. Quand elle le vit devant elle, elle sauta de surprise sur sa chaise, et devint toute rouge.

— Petite Marie, lui dit-il en s'asseyant auprès d'elle, je viens te faire de la peine et t'ennuyer, je le sais bien : *mais l'homme et la femme de chez nous* (désignant ainsi, selon l'usage, les chefs de famille) veulent que je te parle et que je te demande de m'épouser. Tu ne le veux pas, toi, je m'y attends.

— Germain, répondit la petite Marie, c'est donc décidé que vous m'aimez ?

— Ça te fâche, je le sais, mais ce n'est pas ma faute : si tu pouvais changer d'avis, je serais trop content, et sans doute je ne mérite pas que cela soit. Voyons, regarde-moi, Marie, je suis donc bien affreux ?

— Non, Germain, répondit-elle en souriant, vous êtes plus beau que moi.

— Ne te moque pas ; regarde-moi avec indulgence ; il ne me manque encore ni un cheveu ni une dent. Mes yeux te disent que je t'aime. Regarde-moi donc dans les yeux, ça y est écrit, et toute fille sait lire dans cette écriture-là.

Marie regarda dans les yeux de Germain avec son assurance enjouée ; puis, tout à coup, elle détourna la tête et se mit à trembler.

— Ah ! mon Dieu ! je te fais peur, dit Germain, tu me regardes comme si j'étais le fermier des Ormeaux. Ne me crains pas, je t'en prie, cela me fait trop de mal. Je ne te dirai pas de mauvaises paroles, moi ; je ne t'embrasserai pas malgré toi, et quand tu voudras que je m'en aille, tu n'auras qu'à me montrer la porte. Voyons, faut-il que je sorte pour que tu finisses de trembler ?

Marie tendit la main au laboureur, mais sans détourner sa tête penchée vers le foyer, et sans dire un mot.

— Je comprends, dit Germain ; tu me plains, car tu es bonne ; tu es fâchée de me rendre malheureux : mais tu ne peux pourtant pas m'aimer ?

— Pourquoi me dites-vous de ces choses-là, Germain ? répondit enfin la petite Marie, vous voulez donc me faire pleurer ?

— Pauvre petite fille, tu as bon cœur, je le sais ; mais tu ne m'aimes pas, et tu me caches ta figure parce que tu crains de me laisser voir ton déplaisir et ta répugnance. Et moi ! je n'ose pas seulement te serrer la main ! Dans le bois, quand mon fils dormait, et que tu dormais aussi, j'ai failli t'embrasser tout doucement. Mais je serais mort de honte plutôt que de te le demander et j'ai autant souffert dans cette nuit-là qu'un homme qui brûlerait à petit feu. Depuis ce temps-là j'ai rêvé à toi toutes les nuits. Ah ! comme je t'embrassais, Marie ! Mais toi, pendant ce temps-là, tu dormais sang rêver. Et, à présent, sais-tu ce que je pense ? c'est que si tu te retournais pour me regarder avec les yeux que j'ai pour toi, et si tu approchais ton visage du mien, je crois que je tomberais mort de joie. Et toi, tu penses que si pareille chose t'arrivait tu en mourrais de colère et de honte !

Germain parlait comme dans un rêve sans entendre ce qu'il disait. La petite Marie tremblait toujours ; mais comme il

tremblait encore davantage, il ne s'en apercevait plus. Tout à coup elle se retourna ;
elle était toute en larmes et le regardait d'un
air de reproche. Le pauvre laboureur crut
que c'était le dernier coup, et, sans attendre
son arrêt, il se leva pour partir, mais la
jeune fille l'arrêta en l'entourant de ses
deux bras, et, cachant sa tête dans son
sein :

— Ah ! Germain, lui dit-elle en sanglo-
tant, vous n'avez donc pas deviné que je
vous aime ?

Germain serait devenu fou, si son fils qui
le cherchait et qui entra dans la chaumière
au grand galop sur un bâton, avec sa petite
sœur en croupe qui fouettait avec une
branche d'osier ce coursier imaginaire, ne
l'eût rappelé à lui-même. Il le souleva dans
ses bras, et le mettant dans ceux de sa fiancée :

— Tiens, lui dit-il, tu as fait plus d'un
heureux en m'aimant !

APPENDICE

I

LES NOCES DE CAMPAGNE

Ici finit l'histoire du mariage de Germain, telle qu'il me l'a racontée lui-même, le fin laboureur qu'il est ! Je te demande pardon, lecteur ami, de n'avoir pas su te la traduire mieux ; car c'est une véritable traduction qu'il faut au langage antique et naïf des paysans de la contrée que *je chante* (comme on disait jadis). Ces gens-là parlent trop français pour nous, et, depuis Rabelais et Montaigne, les progrès de la langue nous ont fait perdre bien des vieilles richesses. Il en est ainsi de tous les progrès, il faut en prendre son parti. Mais c'est encore un plaisir d'entendre ces idiotismes pittoresques régner sur le vieux terroir du centre de la France ; d'autant plus que c'est la véritable expression du caractère moqueusement tranquille et plaisamment disert des gens qui s'en servent. La Touraine a conservé un certain nombre précieux de locutions patriarcales. Mais la Touraine s'est grandement civilisée avec et depuis la Renaissance. Elle s'est couverte de châteaux, de routes, d'étrangers et de mouvement. Le Berry est resté stationnaire, et je

crois qu'après la Bretagne et quelques pro-
vinces de l'extrême midi de la France, c'est
le pays le plus *conservé* qui se puisse trouver à l'heure qu'il est. Certaines coutumes
sont si étranges, si curieuses, que j'espère
t'amuser encore un instant, cher lecteur, si
tu permets que je te raconte en détail une
noce de campagne, celle de Germain, par
exemple, à laquelle j'eus le plaisir d'assister
il y a quelques années.

Car, hélas ! tout s'en va. Depuis seulement que j'existe il s'est fait plus de mouvement dans les idées et dans les coutumes de
mon village, qu'il ne s'en était vu durant des
siècles avant la Révolution. Déjà la moitié
des cérémonies celtiques, païennes ou
moyen âge, que j'ai vues encore en pleine
vigueur dans mon enfance, se sont effacées.
Encore un ou deux ans peut-être, et les
chemins de fer passeront leur niveau sur
nos vallées profondes, emportant, avec la
rapidité de la foudre, nos antiques tradi-
tions et nos merveilleuses légendes.

C'était en hiver, aux environs du carna-
val, époque de l'année où il est séant et
convenable chez nous de faire les noces.
Dans l'été on n'a guère le temps, et les tra-
vaux d'une ferme ne peuvent souffrir trois
jours de retard, sans parler des jours
complémentaires affectés à la digestion
plus ou moins laborieuse de l'ivresse
morale et physique que laisse une fête. —
J'étais assis sous le vaste manteau d'une
antique cheminée de cuisine, lorsque des
coups de pistolet, des hurlements de

chiens, et les sons aigus de la cornemuse
m'annoncèrent l'approche des fiancés.
Bientôt le père et la mère Maurice, Germain et la petite Marie, suivis de Jacques et
de sa femme, des principaux parents res-
pectifs et des parrains et marraines des
fiancés, firent leur entrée dans la cour.

La petite Marie n'ayant pas encore reçu
les cadeaux de noces, appelés *livrées*, était
vêtue de ce qu'elle avait de mieux dans ses
hardes modestes : une robe de gros drap
sombre, un fichu blanc à grands ramages
de couleurs voyantes, un tablier d'*incarnat*,
indienne rouge fort à la mode alors et
dédaignée aujourd'hui, une coiffe de mousseline très blanche, et dans cette forme heureusement conservée, qui rappelle la coiffure d'Anne Boleyn et d'Agnès Sorel. Elle
était fraîche et souriante, point orgueilleuse
du tout, quoiqu'il y eût bien de quoi. Germain était grave et attendri auprès d'elle,
comme le jeune Jacob saluant Rachel aux
citernes de Laban. Toute autre fille eût pris
un air d'importance et une tenue de
triomphe ; car, dans tous les rangs, c'est
quelque chose que d'être épousée pour ses
beaux yeux. Mais les yeux de la jeune fille
étaient humides et brillants d'amour ; on
voyait bien qu'elle était profondément
éprise, et qu'elle n'avait point le loisir de
s'occuper de l'opinion des autres. Son petit
air résolu ne l'avait point abandonnée ;
mais c'était toute franchise et tout bon vouloir chez elle ; rien d'impertinent dans son
succès, rien de personnel dans le sentiment

de sa force. Je ne vis oncques si gentille
fiancée, lorsqu'elle répondait nettement à
ses jeunes amies qui lui demandaient si elle
était contente. — Dame ! bien sûr ! je ne me
plains pas du bon Dieu.

Le père Maurice porta la parole ; il venait
faire les compliments et invitations d'usage.
Il attacha d'abord au manteau de la cheminée une branche de laurier ornée de
rubans ; ceci s'appelle l'*exploit*, c'est-à-dire
la lettre de faire part ; puis il distribua à
chacun des invités une petite croix faite
d'un bout de ruban bleu traversé d'un autre
bout de ruban rose ; le rose pour la fiancée,
le bleu pour l'épouseur ; et les invités des
deux sexes durent garder ce signe pour en
orner les uns leur cornette, les autres leur
boutonnière le jour de la noce. C'est la
lettre d'admission, la carte d'entrée.

Alors le père Maurice prononça son
compliment. Il invitait le maître de la maison et toute *sa compagnie*, c'est-a-dire tous
ses enfants, tous ses parents, tous ses amis
et tous ses serviteurs, à la bénédiction, *au
festin, à la divertissance, à la dansière et à
tout ce qui en suit*. Il ne manqua pas de
dire : — Je viens *vous faire l'honneur* de
vous *semondre*. Locution très juste, bien
qu'elle nous paraisse un contresens,
puisqu'elle exprime l'idée de rendre les hon-
neurs à ceux qu'on en juge dignes.

Malgré la libéralité de l'invitation portée
ainsi de maison en maison dans toute la
paroisse, la politesse, qui est grandement
discrète chez les paysans, veut que deux

personnes seulement de chaque famille en profitent, un chef de famille sur le ménage, un de leurs enfants sur le nombre.

Ces invitations faites, les fiancés et leurs parents allèrent dîner ensemble à la métairie.

La petite Marie garda ses trois moutons sur le communal, et Germain travailla la terre comme si de rien n'était.

La veille du jour marqué pour le mariage, vers deux heures de l'après-midi, la musique arriva, c'est-à-dire le *cornemuseux* et le *vielleux*, avec leurs instruments ornés de longs rubans flottants, et jouant une marche de circonstance, sur un rythme un peu lent pour des pieds qui ne seraient pas indigènes, mais parfaitement combiné avec la nature du terrain gras et des chemins ondulés de la contrée. Des coups de pistolet, tirés par les jeunes gens et les enfants, annoncèrent le commencement de la noce. On se réunit peu à peu, et l'on dansa sur la pelouse devant la maison pour se mettre en train. Quand la nuit fut venue, on commença d'étranges préparatifs, on se sépara en deux bandes, et quand la nuit fut close, on procéda à la cérémonie des *livrées*.

Ceci se passait au logis de la fiancée, la chaumière à la Guillette. La Guillette prit avec elle sa fille, une douzaine de jeunes et jolies *pastoures*, amies et parentes de sa fille, deux ou trois respectables matrones, voisines fortes en bec, promptes à la réplique et gardiennes rigides des anciens us. Puis elle choisit une douzaine de vigou-

reux champions, ses parents et amis ; enfin
le vieux *chanvreur* de la paroisse, homme
disert et beau parleur s'il en fut.

Le rôle que joue en Bretagne le *bazvalan*,
le tailleur du village, c'est le broyeur de
chanvre ou le cardeur de laine (deux professions souvent réunies en une seule) qui
le remplit dans nos campagnes. Il est de
toutes les solennités tristes ou gaies, parce
qu'il est essentiellement érudit et beau
diseur, et dans ces occasions, il a toujours
le soin de porter la parole pour accomplir
dignement certaines formalités, usitées de
temps immémorial. Les professions
errantes, qui introduisent l'homme au sein
des familles sans lui permettre de se
concentrer dans la sienne, sont propres à le
rendre bavard, plaisant, conteur et chanteur.

Le broyeur de chanvre est particulière-
ment sceptique. Lui et un autre fonction-
naire rustique, dont nous parlerons tout à
l'heure, le fossoyeur, sont toujours les
esprits forts du lieu. Ils ont tant parlé de
revenants et ils savent si bien tous les tours
dont ces malins esprits sont capables, qu'ils
ne les craignent guère. C'est particulière-
ment la nuit que tous, fossoyeurs, chan-
vreurs et revenants exercent leur industrie.
C'est aussi la nuit que le chanvreur raconte
ses lamentables légendes. Qu'on me per-
mette une digression...

Quand le chanvre est *arrivé* à point, c'est-
à-dire suffisamment trempé dans les eaux
courantes et à demi séché à la *rive*, on le

rapporte dans la cour des habitations ; on le place debout par petites gerbes qui, avec leurs tiges écartées du bas et leurs têtes liées en boules, ressemblent déjà passablement le soir à une longue procession de petits fantômes blancs, plantés sur leurs jambes grêles, et marchant sans bruit le long des murs.

C'est à la fin de septembre, quand les nuits sont encore tièdes, qu'à la pâle clarté de la lune on commence à broyer. Dans la journée, le chanvre a été chauffé au four ; on l'en retire, le soir, pour le broyer chaud. On se sert pour cela d'une sorte de chevalet surmonté d'un levier en bois, qui, retombant sur des rainures, hache la plante sans la couper. C'est alors qu'on entend la nuit, dans les campagnes, ce bruit sec et saccadé de trois coups frappés rapidement. Puis, un silence se fait ; c'est le mouvement du bras qui retire la poignée de chanvre pour la broyer sur une autre partie de sa longueur. Et les trois coups recommencent ; c'est l'autre bras qui agit sur le levier, et toujours ainsi jusqu'à ce qua la lune soit voilée par les premières lueurs de l'aube. Comme ce travail ne dure que quelques jours dans l'année, les chiens ne s'y habituent pas et poussent des hurlements plaintifs vers tous les points de l'horizon.

C'est le temps des bruits insolites et mystérieux dans la campagne. Les grues émigrantes passent dans des régions où, en plein jour, l'œil les distingue à peine. La nuit, on les entend seulement ; et ces voix

rauques et gémissantes, perdues dans les
nuages, semblent l'appel et l'adieu d'âmes
tourmentées qui s'efforcent de trouver le
chemin du ciel, et qu'une invincible fatalité
force à planer non loin de la terre, autour
de la demeure des hommes ; car ces
oiseaux voyageurs ont d'étranges incerti-
tudes et de mystérieuses anxiétés dans le
cours de leur traversée aérienne. Il leur
arrive parfois de perdre le vent, lorsque des
brises capricieuses se combattent ou se succèdent dans les hautes régions. Alors on
voit, lorsque ces déroutes arrivent durant le
jour, le chef de file flotter à l'aventure dans
les airs, puis faire volte-face, revenir se pla-
cer à la queue de la phalange triangulaire,
tandis qu'une savante manœuvre de ses
compagnons les ramène bientôt en bon
ordre derrière lui. Souvent, après de vains
efforts, le guide épuisé renonce à conduire
la caravane ; un autre se présente, essaie à
son tour, et cède la place à un troisième,
qui retrouve le courant et engage victorieu-
sement la marche. Mais que de cris, que de
reproches, que de remontrances, que de
malédictions sauvages ou de questions
inquiètes sont échangés, dans une langue
inconnue, entre ces pèlerins ailés !

Dans la nuit sonore, on entend ces cla-
meurs sinistres tournoyer parfois assez
longtemps au-dessus des maisons ; et
comme on ne peut rien voir, on ressent
malgré soi une sorte de crainte et de
malaise sympathique, jusqu'à ce que cette
nuée sanglotante se soit perdue dans
l'immensité.

Il y a d'autres bruits encore qui sont propres à ce moment de l'année, et qui se passent principalement dans les vergers. La cueille des fruits n'est pas encore faite, et mille crépitations inusitées font ressembler les arbres à des êtres animés. Une branche grince, en se courbant, sous un poids arrivé tout à coup à son dernier degré de développement ; ou bien, une pomme se détache et tombe à vos pieds avec un son mat sur la terre humide. Alors vous entendez fuir, en frôlant les branches et les herbes, un être que vous ne voyez pas : c'est le chien du paysan, ce rôdeur curieux, inquiet, à la fois insolent et poltron, qui se glisse partout, qui ne dort jamais, qui cherche toujours on ne sait quoi, qui vous épie, caché dans les broussailles, et prend la fuite au bruit de la pomme tombée, croyant que vous lui lancez une pierre.

C'est durant ces nuits-là, nuits voilées et grisâtres, que le chanvreur raconte ses étranges aventures de follets et de lièvres blancs, d'âmes en peine et de sorciers transformés en loups, de sabbat au carrefour et de chouettes prophétesses au cimetière. Je me souviens d'avoir passé ainsi les premières heures de la nuit autour des *broyes* en mouvement, dont la percussion impitoyable, interrompant le récit du chanvreur à l'endroit le plus terrible, nous faisait passer un frisson glacé dans les veines. Et souvent aussi le bonhomme continuait à parler en broyant ; et il y avait quatre à cinq mots perdus : mots effrayants, sans doute,

que nous n'osions pas lui faire répéter, et
dont l'omission ajoutait un mystère plus
affreux aux mystères déjà si sombres de son
histoire. C'est en vain que les servantes
nous avertissaient qu'il était bien tard pour
rester dehors, et que l'heure de dormir était
depuis longtemps sonnée pour nous : elles-
mêmes mouraient d'envie d'écouter
encore ; et avec quelle terreur ensuite nous
traversions le hameau pour rentrer chez
nous ! comme le porche de l'église nous
paraissait profond, et l'ombre des vieux
arbres épaisse et noire ! Quant au cimetière, on ne le voyait point ; on fermait les
yeux en le côtoyant.

Mais le chanvreur n'est pas plus que le
sacristain adonné exclusivement au plaisir
de faire peur ; il aime à faire rire, il est
moqueur et sentimental au besoin, quand il
faut chanter l'amour et l'hyménée ; c'est lui
qui recueille et conserve dans sa mémoire
les chansons les plus anciennes, et qui les
transmet à la postérité. C'est donc lui qui
est chargé, dans les noces, du personnage
que nous allons lui voir jouer à la présenta-
tion des livrées de la petite Marie.

II

LES LIVRÉES

Quand tout le monde fut réuni dans la maison, on ferma, avec le plus grand soin, les portes et les fenêtres ; on alla même barricader la lucarne du grenier ; on mit des planches, des tréteaux, des souches et des tables en travers de toutes les issues, comme si on se préparait à soutenir un siège ; et il se fit dans cet intérieur fortifié un silence d'attente assez solennel, jusqu'à ce qu'on entendît au loin des chants, des rires, et le son des instruments rustiques. C'était la bande de l'épouseur, Germain en tête, accompagné de ses plus hardis compagnons, du fossoyeur, des parents, amis et serviteurs, qui formaient un joyeux et solide cortège.

Cependant, à mesure qu'ils approchèrent de la maison, ils se ralentirent, se concertèrent et firent silence. Les jeunes filles, enfermées dans le logis, s'étaient ménagé aux fenêtres de petites fentes, par lesquelles elles les virent arriver et se développer en ordre de bataille. Il tombait une pluie fine et froide, qui ajoutait au piquant de la situation, tandis qu'un grand feu pétillait dans l'âtre de la maison. Marie eût voulu abréger les lenteurs inévitables de ce siège en règle ; elle n'aimait pas à voir ainsi se morfondre son fiancé, mais elle n'avait pas voix au chapitre dans la circonstance, et même elle devait partager ostensiblement la mutine cruauté de ses compagnes.

Quand les deux camps furent ainsi en présence, une décharge d'armes à feu, partie du dehors, mit en grande rumeur tous les chiens des environs. Ceux de la maison se précipitèrent vers la porte en aboyant, croyant qu'il s'agissait d'une attaque réelle, et les petits enfants que leurs mères s'efforçaient en vain de rassurer, se mirent à pleurer et à trembler. Toute cette scène fut si bien jouée qu'un étranger y eût été pris, et eût songé peut-être à se mettre en état de défense contre une bande de chauffeurs.

Alors le fossoyeur, barde et orateur du fiancé, se plaça devant la porte, et, d'une voix lamentable, engagea avec le chanvreur, placé à la lucarne qui était située au-dessus de la même porte, le dialogue suivant :

LE FOSSOYEUR

Hélas ! mes bonnes gens, mes chers paroissiens, pour l'amour de Dieu, ouvrez-moi la porte.

LE CHANVREUR

Qui êtes-vous donc, et pourquoi prenez-vous la licence de nous appeler vos chers paroissiens ? Nous ne vous connaissons pas.

LE FOSSOYEUR

Nous sommes d'honnêtes gens bien en peine. N'ayez peur de nous, mes amis ! donnez-nous l'hospitalité. Il tombe du verglas, nos pauvres pieds sont gelés, et nous revenons de si loin que nos sabots en sont fendus.

LE CHANVREUR

Si vos sabots sont fendus, vous pouvez chercher par terre ; vous trouverez bien un brin d'oisil (osier) pour faire des *arcelets* (petites lames de fer en forme d'arcs qu'on place sur les sabots fendus pour les consolider).

LE FOSSOYEUR

Des arcelets d'oisil, ce n'est guère solide. Vous vous moquez de nous, bonnes gens, et vous feriez mieux de nous ouvrir. On voit luire une belle flamme dans votre logis ; sans doute vous avez mis la broche, et on se réjouit chez vous le cœur et le ventre. Ouvrez donc à de pauvres pèlerins qui mourront à votre porte si vous ne leur faites merci.

LE CHANVREUR

Ah ! ah ! vous êtes des pèlerins ? vous ne nous disiez pas cela. Et de quel pèlerinage arrivez-vous, s'il vous plaît !

LE FOSSOYEUR

Nous vous dirons cela quand vous nous aurez ouvert la porte, car nous venons de si loin que vous ne voudriez pas le croire.

LE CHANVREUR

Vous ouvrir la porte ? oui-da ! nous ne saurions nous fier à vous. Voyons : est-ce de Saint-Sylvain de Pouligny que vous arrivez ?

LE FOSSOYEUR

Nous avons été à Saint-Sylvain de Pouligny, mais nous avons été bien plus loin encore.

LE CHANVREUR

Alors vous avez été jusqu'à Sainte-Solange ?

LE FOSSOYEUR

A Sainte-Solange nous avons été, pour sûr ; mais nous avons été plus loin encore.

LE CHANVREUR

Vous mentez ; vous n'avez même jamais été jusqu'à Sainte-Solange.

LE FOSSOYEUR

Nous avons été plus loin, car, à cette heure, nous arrivons de Saint-Jacques de Compostelle.

LE CHANVREUR

Quelle bêtise nous contez-vous ? Nous ne connaissons pas cette paroisse-là. Nous voyons bien que vous êtes de mauvaises gens, des brigands, des *rien du tout* et des menteurs. Allez plus loin chanter vos sornettes ; nous sommes sur nos gardes, et vous n'entrerez point céans.

LE FOSSOYEUR

Hélas ! mon pauvre homme, ayez pitié de nous ! Nous ne sommes pas des pèlerins, vous l'avez deviné ; mais nous sommes de malheureux braconniers poursuivis par des gardes. Mêmement les gendarmes sont après nous, et, si vous ne nous faites point cacher dans votre fenil, nous allons être pris et conduits en prison.

LE CHANVREUR

Et qui nous prouvera que, cette fois-ci, vous soyez ce que vous dites ? car voilà déjà un mensonge que vous n'avez pas pu soutenir.

LE FOSSOYEUR

Si vous voulez nous ouvrir, nous vous montrerons une belle pièce de gibier que nous avons tuée.

LE CHANVREUR

Montrez-la tout de suite, car nous sommes en méfiance.

LE FOSSOYEUR

Eh bien, ouvrez une porte ou une fenêtre, qu'on vous passe la bête.

LE CHANVREUR

Oh ! que nenni ! pas si sot ! Je vous regarde par un petit pertuis ! et je ne vois parmi vous ni chasseurs, ni gibier.

Ici un garçon bouvier, trapu et d'une force herculéenne, se détacha du groupe où il se tenait inaperçu, éleva vers la lucarne une oie plumée, passée dans une forte broche de fer, ornée de bouquets de paille et de rubans.

— Oui-da ! s'écria le chanvreur, après avoir passé avec précaution un bras dehors pour tâter le rôt ; ceci n'est point une caille, ni une perdrix ; ce n'est ni un lièvre, ni un lapin ; c'est quelque chose comme une oie ou un dindon. Vraiment, vous êtes de beaux chasseurs ! et ce gibier-là ne vous a guère fait courir. Allez plus loin, mes drôles ! toutes vos menteries sont connues, et vous pouvez bien aller chez vous faire cuire votre souper. Vous ne mangerez pas le nôtre.

LE FOSSOYEUR

Hélas ! mon Dieu, où irons-nous faire cuire notre gibier ? C'est bien peu de chose pour tant de monde que nous sommes ; et, d'ailleurs, nous n'avons ni feu ni lieu. A cette heure-ci toutes les portes sont fermées, tout le monde est couché ; il n'y a que vous qui fassiez la noce dans votre maison, et il faut que vous ayez le cœur bien dur pour nous laisser transir dehors. Ouvrez-nous, braves gens, encore une fois ; nous ne vous occasionnerons pas de dépenses. Vous voyez bien que nous apportons le rôti ; seulement un peu de place à votre foyer, un peu de flamme pour le faire cuire, et nous nous en irons contents.

LE CHANVREUR

Croyez-vous qu'il y ait trop de place chez nous, et que le bois ne nous coûte rien ?

LE FOSSOYEUR

Nous avons là une petite botte de paille pour faire le feu, nous nous en contenterons ; donnez-nous seulement la permission de mettre la broche en travers à votre cheminée.

LE CHANVREUR

Cela ne sera point ; vous nous faites dégoût et point du tout pitié. M'est avis que vous êtes ivres, que vous n'avez besoin de rien, et que vous voulez entrer chez nous pour voler notre feu et nos filles.

LE FOSSOYEUR

Puisque vous ne voulez entendre à aucune bonne raison, nous allons entrer chez vous par force.

LE CHANVREUR

Essayez, si vous voulez. Nous sommes assez bien renfermés pour ne pas vous craindre. Et puisque vous êtes insolents, nous ne vous répondrons pas davantage.

Là-dessus le chanvreur ferma à grand bruit l'huis de la lucarne, et redescendit dans la chambre au-dessous, par une échelle. Puis il reprit la fiancée par la main, et les jeunes gens des deux sexes se joignant à eux, tous se mirent à danser et à crier joyeusement tandis que les matrones chantaient d'une voix perçante, et poussaient de grands éclats de rire en signe de mépris et de bravade contre ceux du dehors qui tentaient l'assaut.

Les assiégeants, de leur côté, faisaient rage : ils déchargeaient leurs pistolets dans les portes, faisaient gronder les chiens, frappaient de grands coups sur les murs, secouaient les volets, poussaient des cris effroyables ; enfin c'était un vacarme à ne pas s'entendre, une poussière et une fumée à ne se point voir.

Pourtant cette attaque était simulée : le moment n'était pas venu de violer l'étiquette. Si l'on parvenait, en rôdant, à trouver un passage non gardé, une ouverture quelconque, on pouvait chercher à s'introduire par surprise, et alors, si le porteur de la broche arrivait à mettre son rôti au feu, la prise de possession du foyer ainsi constatée, la comédie finissait et le fiancé était vainqueur.

Mais les issues de la maison n'étaient
pas assez nombreuses pour qu'on eût
négligé les précautions d'usage, et nul ne
se fût arrogé le droit d'employer la violence avant le moment fixé pour la lutte.

Quand on fut las de sauter et de crier, le
chanvreur songea à capituler. Il remonta à
sa lucarne, l'ouvrit avec précaution, et
salua les assiégeants désappointés par un
éclat de rire.

— Eh bien, mes gars, dit-il, vous voilà
bien penauds ! Vous pensiez que rien
n'était plus facile que d'entrer céans, et
vous voyez que notre défense est bonne.
Mais nous commençons à avoir pitié de
vous, si vous voulez vous soumettre et
accepter nos conditions.

LE FOSSOYEUR

Parlez, mes braves gens ; dites ce qu'il
faut faire pour approcher de votre foyer.

LE CHANVREUR

Il faut chanter, mes amis, mais chanter
une chanson que nous ne connaissions
pas, et à laquelle nous ne puissions pas
répondre par une meilleure.

— Qu'à cela ne tienne ! répondit le fossoyeur, et il entonna d'une voix puissante :

— *Voilà six mois que c'était le prin-
temps,*

— *Me promenais sur l'herbette nais-
sante,* répondit le chanvreur d'une voix un
peu enrouée, mais terrible. Vous moquez-
vous, mes pauvres gens, de nous chanter

une pareille vieillerie ? vous voyez bien
que nous vous arrêtons au premier mot !

— *C'était la fille d'un prince...*

— *Qui voulait se marier*, répondit le
chanvreur. Passez, passez à une autre !
nous connaissons celle-là un peu trop.

LE FOSSOYEUR

Voulez-vous celle-ci ?

— *En revenant de Nantes...*

LE CHANVREUR

— *J'étais bien fatigué, voyez ! J'étais bien
fatigué.*

Celle-là est du temps de ma grand'mère.
Voyons-en une autre !

LE FOSSOYEUR

— *L'autre jour en me promenant...*

LE CHANVREUR

— *Le long de ce bois charmant !* En voilà
une qui est bête ! Nos petits enfants ne
voudraient pas se donner la peine de vous
répondre ! Quoi ! voilà tout ce que vous
savez ?

LE FOSSOYEUR

Oh ! nous vous en dirons tant que vous
finirez par rester court.

Il se passa bien une heure à combattre
ainsi. Comme les deux antagonistes
étaient les deux plus forts du pays sur la

chanson, et que leur répertoire semblait
inépuisable, cela eût pu durer toute la
nuit, d'autant plus que le chanvreur mit
un peu de malice à laisser chanter certaines complaintes en dix, vingt ou trente
couplets, feignant, par son silence, de se
déclarer vaincu. Alors on triomphait dans
le camp du fiancé, on chantait en chœur à
pleine voix, et on croyait que cette fois la
partie adverse ferait défaut ; mais, à la
moitié du couplet final, on entendait la
voix rude et enrhumée du vieux chanvreur
beugler les derniers vers ; après quoi il
s'écriait : — Vous n'aviez pas besoin de
vous fatiguer à en dire une si longue, mes
enfants ! Nous la savions sur le bout du
doigt !

Une ou deux fois pourtant le chanvreur
fit la grimace, fronça le sourcil et se
retourna d'un air désappointé vers les
matrones attentives. Le fossoyeur chantait quelque chose de si vieux, que son
adversaire l'avait oublié, ou peut-être qu'il
ne l'avait jamais su ; mais aussitôt les
bonnes commères nasillaient, d'une voix
aigre comme celle de la mouette, le
refrain victorieux ; et le fossoyeur, sommé
de se rendre, passait à d'autres essais.

Il eût été trop long d'attendre de quel
côté resterait la victoire. Le parti de la
fiancée déclara qu'il faisait grâce à condition qu'on offrirait à celle-ci un présent
digne d'elle.

Alors commença le chant des livrées sur
un air solennel comme un chant d'église

Les hommes du dehors dirent en basse-taille à l'unisson :

Ouvrez la porte, ouvrez,
Marie, ma mignonne,
J'ons de beaux cadeaux à vous présenter.
Hélas ! ma mie, laissez-nous entrer.

A quoi les femmes répondirent de l'intérieur, et en fausset, d'un ton dolent :

Mon père est en chagrin, ma mère en
grand tristesse,
Et moi je suis fille de trop grand merci
Pour ouvrir ma porte à cette heure ici.

Les hommes reprirent le premier couplet jusqu'au quatrième vers, qu'ils modifièrent de la sorte :

J'ons un beau mouchoir à vous présenter.

Mais, au nom de la fiancée, les femmes répondirent de même que la première fois.

Pendant vingt couplets, au moins, les hommes énumérèrent tous les cadeaux de la livrée, mentionnant toujours un objet nouveau dans le dernier vers : un beau *devanteau* (tablier), de beaux rubans, un habit de drap, de la dentelle, une croix d'or, et jusqu'à *un cent d'épingles* pour compléter la modeste corbeille de la mariée. Le refus des matrones était irrévocable ; mais enfin les garçons se déci-

dèrent à parler *d'un beau mari* à *leur présenter*, et elles répondirent en s'adressant
à la mariée, en lui chantant avec les
hommes :

> *Ouvrez la porte, ouvrez,*
> *Marie, ma mignonne,*
> *C'est un beau mari qui vient vous*
> *chercher,*
> *Allons, ma mie, laissons-les entrer.*

III

LE MARIAGE

Aussitôt le chanvreur tira la cheville de bois qui fermait la porte à l'intérieur : c'était encore, à cette époque, la seule serrure connue dans la plupart des habitations de notre hameau. La bande du fiancé fit irruption dans la demeure de la fiancée, mais non sans combat ; car les garçons cantonnés dans la maison, même le vieux chanvreur et les vieilles commères se mirent en devoir de garder le foyer. Le porteur de la broche, soutenu par les siens, devait arriver à planter le rôti dans l'âtre. Ce fut une véritable bataille, quoiqu'on s'abstînt de se frapper et qu'il n'y eût point de colère dans cette lutte. Mais on se poussait et on se pressait si étroitement, et il y avait tant d'amour-propre en jeu dans cet essai de forces musculaires, que les résultats pouvaient être plus sérieux qu'ils ne le paraissaient à travers les rires et les chansons. Le pauvre vieux chanvreur, qui se débattait comme un lion, fut collé à la muraille et serré par la foule, jusqu'à perdre la respiration. Plus d'un champion renversé fut foulé aux pieds involontairement, plus d'une main cramponnée à la broche fut ensanglantée. Ces jeux sont dangereux, et les accidents ont été assez graves dans les derniers temps pour que nos paysans aient résolu de laisser tomber en désuétude la cérémonie des livrées. Je crois que nous avons vu la dernière à la noce de Françoise Meillant et encore la lutte ne fut-elle que simulée.

Cette lutte fut encore assez passionnée à la noce de Germain. Il y avait une question de point d'honneur de part et d'autre à envahir et à défendre le foyer de la Guillette. L'énorme broche de fer fut tordue comme une vis sous les vigoureux poignets qui se la disputaient. Un coup de pistolet mit le feu à une petite provision de chanvre en *poupées*, placée sur une claie, au plafond. Cet incident fit diversion, et, tandis que les uns s'empressaient d'étouffer ce germe d'incendie, le fossoyeur, qui était grimpé au grenier sans qu'on s'en aperçût, descendit par la cheminée, et saisit la broche au moment où le bouvier, qui la défendait auprès de l'âtre, l'élevait au-dessus de sa tête pour empêcher qu'elle ne lui fût arrachée. Quelque temps avant la prise d'assaut, les matrones avaient eu le soin d'éteindre le feu, de crainte qu'en se débattant auprès, quelqu'un ne vînt à y tomber et à se brûler. Le facétieux fossoyeur, d'accord avec le bouvier, s'empara donc du trophée sans difficulté et le jeta en travers sur les *landiers*. C'en était fait ! Il n'était plus permis d'y toucher. Il sauta au milieu de la chambre et alluma un reste de paille, qui entourait la broche, pour faire le simulacre de la cuisson du rôti, car l'oie était en pièces et jonchait le plancher de ses membres épars.

Il y eut alors beaucoup de rires et de discussions fanfaronnes. Chacun montrait les horions qu'il avait reçus, et comme c'était souvent la main d'un ami qui avait frappé, personne ne se plaignit ni se querella. Le chanvreur, à demi aplati, se frottait les reins, disant qu'il s'en souciait fort peu, mais qu'il protestait contre la ruse de son compère le fossoyeur, et que, s'il n'eût été à demi mort, le foyer n'eût pas été conquis si facilement. Les matrones balayaient le pavé, et l'ordre se faisait. La table se couvrait de brocs de vin nouveau. Quand on eut trinqué ensemble et repris haleine, le fiancé fut amené au milieu de la chambre, et, armé d'une baguette, il dut se soumettre à une nouvelle épreuve.

Pendant la lutte, la fiancée avait été cachée avec trois de ses compagnes par sa mère, sa marraine et ses tantes, qui avaient fait asseoir les quatre jeunes filles sur un banc, dans un coin reculé de la salle, et les avaient couvertes d'un grand drap blanc. Les trois compagnes avaient été choisies de la même taille que Marie, et leurs cornettes de hauteur identique, de sorte que le drap leur couvrant la tête et les enveloppant jusque par-dessous les pieds, il était impossible de les distinguer l'une de l'autre.

Le fiancé ne devait les toucher qu'avec le

bout de sa baguette, et seulement pour désigner celle qu'il jugeait être sa femme. On lui donnait le temps d'examiner, mais avec les yeux seulement, et les matrones, placées à ses côtés, veillaient rigoureusement à ce qu'il n'y eût point de supercherie. S'il se trompait, il ne pouvait danser de la soirée avec sa fiancée, mais seulement avec celle qu'il avait choisie par erreur.

Germain, se voyant en présence de ces fantômes enveloppés sous le même suaire, craignait fort de se tromper ; et, de fait, cela était arrivé à bien d'autres, car les précautions étaient toujours prises avec un soin consciencieux. Le cœur lui battait. La petite Marie essayait bien de respirer fort et d'agiter un peu le drap, mais ses malignes rivales en faisaient autant, poussaient le drap avec leurs doigts, et il y avait autant de signes mystérieux que de jeunes filles sous le voile. Les cornettes carrées maintenaient ce voile si également qu'il était impossible de voir la forme d'un front dessiné par ses plis.

Germain, après dix minutes d'hésitation, ferma les yeux, recommanda son âme à Dieu, et tendit la baguette au hasard. Il toucha le front de la petite Marie, qui jeta le drap loin d'elle en criant victoire. Il eut alors la permission de l'embrasser, et, l'enlevant dans ses bras robustes, il la porta au milieu de la chambre, et ouvrit avec elle le bal, qui dura jusqu'à deux heures du matin.

Alors on se sépara pour se réunir à huit

heures. Comme il y avait un certain nombre de jeunes gens venus des environs, et qu'on n'avait pas de lits pour tout le monde, chaque invitée du village reçut dans son lit deux ou trois jeunes compagnes, tandis que les garçons allèrent pêle-mêle s'étendre sur le fourrage du grenier de la métairie. Vous pouvez bien penser que là ils ne dormirent guère, car ils ne songèrent qu'à se lutiner les uns les autres, à échanger des lazzis et à se conter de folles histoires. Dans les noces, il y a de rigueur trois nuits blanches, qu'on ne regrette point.

A l'heure marquée pour le départ, après qu'on eut mangé la soupe au lait relevée d'une forte dose de poivre, pour se mettre en appétit, car le repas de noces promettait d'être copieux, on se rassembla dans la cour de la ferme. Notre paroisse étant supprimée, c'est à une demi-lieue de chez nous qu'il fallait aller chercher la bénédiction nuptiale. Il faisait un beau temps frais, mais les chemins étant fort gâtés, chacun s'était muni d'un cheval, et chaque homme prit en croupe une compagne jeune ou vieille. Germain partit sur la *Grise*, qui, bien pansée, ferrée à neuf et ornée de rubans, piaffait et jetait le feu par les naseaux. Il alla chercher sa fiancée à la chaumière avec son beau-frère Jacques, lequel, monté sur la vieille *Grise*, prit la bonne mère Guillette en croupe tandis que Germain rentra dans la cour de la ferme, amenant sa chère petite femme d'un air de triomphe.

Puis la joyeuse cavalcade se mit en route, escortée par les enfants à pied, qui couraient en tirant des coups de pistolet et faisaient bondir les chevaux. La mère Maurice était montée sur une petite charrette avec les trois enfants de Germain et les ménétriers. Ils ouvraient la marche au son des instruments. Petit-Pierre était si beau, que la vieille grand'mère en était tout orgueilleuse. Mais l'impétueux enfant ne tint pas longtemps à ses côtés. A un temps d'arrêt qu'il fallut faire à mi-chemin pour s'engager dans un passage difficile, il s'esquiva et alla supplier son père de l'asseoir devant lui sur la *Grise*.

— Oui-da ! répondit Germain, cela va nous attirer de mauvaises plaisanteries ! Il ne faut point.

— Je ne me soucie guère de ce que diront les gens de Saint-Chartier, dit la petite Marie. Prenez-le, Germain, je vous en prie : je serai encore plus fière de lui que de ma toilette de noces.

Germain céda, et le beau trio s'élança dans les rangs au galop triomphant de la *Grise*.

Et, de fait, les gens de Saint-Chartier, quoique très railleurs et un peu taquins à l'endroit des paroisses environnantes réunies à la leur, ne songèrent point à rire en voyant un si beau marié, une si jolie mariée, et un enfant qui eût fait envie à la femme d'un roi. Petit-Pierre avait un habit complet de drap bleu barbeau, un gilet rouge si coquet et si court qu'il ne lui des-

cendait guère au-dessous du menton. Le
tailleur du village lui avait si bien serré les
entournures qu'il ne pouvait rapprocher ses
deux petits bras. Aussi comme il était fier !
Il avait un chapeau rond avec une ganse
noir et or, et une plume de paon sortant
crânement d'une touffe de plumes de pin-
tade. Un bouquet de fleurs plus gros que sa
tête lui couvrait l'épaule, et les rubans lui
flottaient jusqu'aux pieds. Le chanvreur,
qui était aussi le barbier et le perruquier de
l'endroit, lui avait coupé les cheveux en
rond, en lui couvrant la tête d'une écuelle et
retranchant tout ce qui passait, méthode
infaillible pour assurer le coup de ciseau.
Ainsi accoutré, le pauvre enfant était moins
poétique, à coup sûr, qu'avec ses longs cheveux au vent et sa peau de mouton à la
saint Jean-Baptiste ; mais il n'en croyait
rien, et tout le monde l'admirait, disant
qu'il avait l'air d'un petit homme. Sa beauté
triomphait de tout, et de quoi ne triomphe-
rait pas, en effet, l'incomparable beauté de
l'enfance ?

Sa petite sœur Solange avait, pour la première fois de sa vie, une cornette à la place
du béguin d'indienne que portent les petites
filles jusqu'à l'âge de deux ou trois ans. Et
quelle cornette ! plus haute et plus large
que tout le corps de la pauvrette. Aussi
comme elle se trouvait belle ! Elle n'osait
pas tourner la tête, et se tenait toute raide,
pensant qu'on la prendrait pour la mariée.

Quant au petit Sylvain, il était encore en
robe, et, endormi sur les genoux de sa

grand'mère, il ne se doutait guère de ce que
c'est qu'une noce.

Germain regardait ses enfants avec
amour, et en arrivant à la mairie, il dit à sa
fiancée :

— Tiens, Marie, j'arrive là un peu plus
content que le jour où je t'ai ramenée chez
nous, des bois de Chanteloube, croyant que
tu ne m'aimerais jamais ; je te pris dans
mes bras pour te mettre à terre comme à
présent ; mais je pensais que nous ne nous
retrouverions plus jamais sur la pauvre
bonne Grise avec cet enfant sur nos
genoux. Tiens, je t'aime tant, j'aime tant ces
pauvres petits, je suis si heureux que tu
m'aimes, et que tu les aimes, et que mes
parents t'aiment, et j'aime tant ta mère et
mes amis, et tout le monde aujourd'hui,
que je voudrais avoir trois ou quatre cœurs
pour y suffire. Vrai, c'est trop peu d'un pour
y loger tant d'amitiés et tant de contentement ! J'en ai comme mal à l'estomac.

Il y eut une foule à la porte de la mairie et
de l'église pour regarder la jolie mariée.
Pourquoi ne dirions-nous pas son cos-
tume ? Il lui allait si bien ! Sa cornette de
mousseline claire et brodée partout, avait
les barbes garnies de dentelle. Dans ce
temps-là les paysannes ne se permettaient
pas de montrer un seul cheveu ; et
quoiqu'elles cachent sous leurs cornettes de
magnifiques chevelures roulées dans des
rubans de fil blanc pour soutenir la coiffe,
encore aujourd'hui ce serait une action
indécente et honteuse que de se montrer

aux hommes la tête nue. Cependant elles se permettent à présent de laisser sur le front un mince bandeau qui les embellit beaucoup. Mais je regrette la coiffure classique de mon temps ; ces dentelles blanches à cru sur la peau avaient un caractère d'antique chasteté qui me semblait plus solennel, et quand une figure était belle ainsi, c'était d'une beauté dont rien ne peut exprimer le charme et la majesté naïve.

La petite Marie portait encore cette coiffure, et son front était si blanc et si pur, qu'il défiait le blanc du linge de l'assombrir. Quoiqu'elle n'eût pas fermé l'œil de la nuit, l'air du matin et surtout la joie intérieure d'une âme aussi limpide que le ciel, et puis encore un peu de flamme secrète, contenue par la pudeur de l'adolescence, lui faisaient monter aux joues un éclat aussi suave que la fleur du pêcher aux premiers rayons d'avril.

Son fichu blanc, chastement croisé sur son sein, ne laissait voir que les contours délicats d'un cou arrondi comme celui d'une tourterelle ; son déshabillé de drap fin vert myrte dessinait sa petite taille, qui semblait parfaite, mais qui devait grandir et se développer encore, car elle n'avait pas dix-sept ans. Elle portait un tablier de soie violet pensée, avec la bavette, que nos villageoises ont eu le tort de supprimer et qui donnait tant d'élégance et de modestie à la poitrine. Aujourd'hui elles étalent leur fichu avec plus d'orgueil, mais il n'y a plus dans leur toilette cette fine fleur d'antique pudicité qui les faisait ressembler à des vierges d'Holbein. Elles sont plus coquettes, plus gracieuses. Le bon genre autrefois était une sorte de raideur sévère qui rendait leur rare sourire plus profond et plus idéal.

A l'offrande, Germain mit, selon l'usage, le *treizain*, c'est-à-dire treize pièces d'argent, dans la main de sa fiancée. Il lui passa au doigt une bague d'argent, d'une forme invariable depuis des siècles, mais que *l'alliance d'or* a remplacée désormais. Au sortir de l'église, Marie lui dit tout bas : Est-ce bien la bague que je souhaitais ? celle que je vous ai demandée, Germain ?

— Oui, répondit-il, celle que Catherine avait au doigt lorsqu'elle est morte. C'est la même bague pour mes deux mariages.

— Je vous remercie, Germain, dit la jeune femme d'un ton sérieux et pénétré. Je mourrai avec, et si c'est avant vous, vous la garderez pour le mariage de votre petite Solange.

IV

LE CHOU

On remonta à cheval et on revint très vite
à Belair. Le repas fut splendide, et dura,
entremêlé de danses et de chants, jusqu'à
minuit. Les vieux ne quittèrent point la
table pendant quatorze heures. Le fossoyeur fit la cuisine et la fit fort bien. Il était
renommé pour cela, et il quittait ses four-
neaux pour venir danser et chanter entre
chaque service. Il était épileptique pourtant, ce pauvre père Bon-temps ! Qui s'en
serait douté ? Il était frais, fort, et gai
comme un jeune homme. Un jour nous le
trouvâmes comme mort, tordu par son mal
dans un fossé, à l'entrée de la nuit. Nous le
rapportâmes chez nous dans une brouette,
et nous passâmes la nuit à le soigner. Trois
jours après il était de noce, chantait comme
une grive et sautait comme un cabri, se
trémoussant à l'ancienne mode. En sortant
d'un mariage, il allait creuser une fosse et
clouer une bière. Il s'en acquittait pieuse-
ment, et quoiqu'il n'y parût point ensuite à
sa belle humeur, il en conservait une
impression sinistre qui hâtait le retour de
son accès. Sa femme, paralytique, ne bou-

geait de sa chaise depuis vingt ans. Sa mère
en a cent quatre, et vit encore. Mais lui, le
pauvre homme, si gai, si bon, si amusant, il
s'est tué l'an dernier en tombant de son
grenier sur le pavé. Sans doute, il était en
proie au fatal accès de son mal, et, comme
d'habitude, il s'était caché dans le foin pour
ne pas effrayer et affliger sa famille. Il ter-
mina ainsi, d'une manière tragique, une vie
étrange comme lui-même, un mélange de
choses lugubres et folles, terribles et
riantes, au milieu desquelles son cœur était
toujours resté bon et son caractère aimable.

Mais nous arrivons à la troisième journée
des noces, qui est la plus curieuse, et qui
s'est maintenue dans toute sa rigueur
jusqu'à nos jours. Nous ne parlerons pas de
la rôtie que l'on porte au lit nuptial ; c'est
un assez sot usage qui fait souffrir la
pudeur de la mariée et tend à détruire celle
des jeunes filles qui y assistent. D'ailleurs je
crois que c'est un usage de toutes les pro-
vinces, et qui n'a chez nous rien de particulier.

De même que la cérémonie des *livrées* est
le symbole de la prise de possession du
cœur et du domicile de la mariée, celle du
chou est le symbole de la fécondité de
l'hymen. Après le déjeuner du lendemain de
noces commence cette bizarre représenta-
tion d'origine gauloise, mais qui, en passant
par le christianisme primitif est devenue
peu à peu une sorte de *mystère,* ou de moralité bouffonne du moyen âge.

Deux garçons (les plus enjoués et les

mieux disposés de la bande) disparaissent
pendant le déjeuner, vont se costumer, et
enfin reviennent escortés de la musique,
des chiens, des enfants et des coups de pistolet. Ils représentent un couple de gueux,
mari et femme, couverts des haillons les
plus misérables. Le mari est le plus sale des
deux : c'est le vice qui l'a ainsi dégradé ; la
femme n'est que malheureuse et avilie par
les désordres de son époux.

Ils s'intitulent le *jardinier* et la *jardinière*,
et se disent préposés à la garde et à la
culture du chou sacré. Mais le mari porte
diverses qualifications qui toutes ont un
sens. On l'appelle indifféremment le *pail-*
loux, parce qu'il est coiffé d'une perruque
de paille et de chanvre, et que, pour cacher
sa nudité mal garantie par ses guenilles, il
s'entoure les jambes et une partie du corps
de paille. Il se fait aussi un gros ventre ou
une bosse avec de la paille ou du foin
cachés sous sa blouse. Le *peilloux*, parce
qu'il est couvert de *peille* (de guenilles).
Enfin, le *païen*, ce qui est plus significatif
encore, parce qu'il est censé, par son
cynisme et ses débauches, résumer en lui
l'antipode de toutes les vertus chrétiennes.

Il arrive, le visage barbouillé de suie et de
lie de vin, quelquefois affublé d'un masque
grotesque. Une mauvaise tasse de terre
ébréchée, ou un vieux sabot, pendu à sa
ceinture par une ficelle, lui sert à demander
l'aumône du vin. Personne ne lui refuse, et
il feint de boire, puis il répand le vin par
terre, en signe de libation. A chaque pas, il

tombe, il se roule dans la boue ; il affecte
d'être en proie à l'ivresse la plus honteuse.
Sa pauvre femme court après lui, le
ramasse, appelle au secours, arrache les
cheveux de chanvre qui sortent en mèches
hérissées de sa cornette immonde, pleure
sur l'abjection de son mari et lui fait des
reproches pathétiques.

— Malheureux ! lui dit-elle, vois où nous
a réduits ta mauvaise conduite ! J'ai beau
filer, travailler pour toi, raccommoder tes
habits ! tu te déchires, tu te souilles sans
cesse. Tu m'as mangé mon pauvre bien, nos
six enfants sont sur la paille, nous vivons
dans une étable avec les animaux ; nous
voilà réduits à demander l'aumône, et
encore tu es si laid, si dégoûtant, si
méprisé, que bientôt on nous jettera le pain
comme à des chiens. Hélas ! mes pauvres
mondes (mes pauvres gens), ayez pitié de
nous ! avez pitié de moi ! Je n'ai pas mérité
mon sort, et jamais femme n'a eu un mari
plus malpropre et plus détestable. Aidez-
moi à le ramasser, autrement les voitures
l'écraseront comme un vieux tesson de bouteille, et je serai veuve, ce qui achèverait de
me faire mourir de chagrin, quoique tout le
monde dise que ce serait un bonheur pour
moi.

Tel est le rôle de la jardinière et ses
lamentations continuelles durant toute la
pièce. Car c'est une véritable comédie libre,
improvisée, jouée en plein air, sur les chemins, à travers champs, alimentée par tous
les accidents fortuits qui se présentent, et à

laquelle tout le monde prend part, gens de
la noce et du dehors, hôtes des maisons et
passants des chemins pendant trois ou
quatre heures de la journée, ainsi qu'on va
le voir. Le thème est invariable, mais on
brode à l'infini sur ce thème, et c'est là qu'il
faut voir l'instinct mimique, l'abondance
d'idées bouffonnes, la faconde, l'esprit de
répartie, et même l'éloquence naturelle de
nos paysans.

Le rôle de la jardinière est ordinairement
confié à un homme mince, imberbe et à
teint frais, qui sait donner une grande
vérité à son personnage, et jouer le désespoir burlesque avec assez de naturel pour
qu'on en soit égayé et attristé en même
temps comme d'un fait réel. Ces hommes
maigres et imberbes ne sont pas rares dans
nos campagnes, et, chose étrange, ce sont
parfois les plus remarquables pour la force
musculaire.

Après que le malheur de la femme est
constaté, les jeunes gens de la noce
l'engagent à laisser là son ivrogne de mari,
et à se divertir avec eux. Ils lui offrent le
bras et l'entraînent. Peu à peu elle s'aban-
donne, s'égaie et se met à courir, tantôt
avec l'un, tantôt avec l'autre, prenant des
allures dévergondées : nouvelle *moralité*,
l'inconduite du mari provoque et amène
celle de la femme.

Le païen se réveille alors de son ivresse, il
cherche des yeux sa compagne, s'arme
d'une corde et d'un bâton, et court après
elle. On le fait courir, on se cache, on passe

la femme de l'un à l'autre, on essaie de la
distraire et de tromper le jaloux. Ses *amis*
s'efforcent de l'enivrer. Enfin il rejoint son
infidèle et veut la battre. Ce qu'il y a de plus
réel et de mieux observé dans cette parodie
des misères de la vie conjugale, c'est que le
jaloux ne s'attaque jamais à ceux qui lui
enlèvent sa femme. Il est fort poli et
prudent avec eux, il ne veut s'en prendre
qu'à la coupable, parce qu'elle est censée ne
pouvoir lui résister.

Mais au moment où il lève son bâton et
apprête sa corde pour attacher la délin-
quante, tous les hommes de la noce s'inter-
posent et se jettent entre les deux époux. —
*Ne la battez pas ! ne battez jamais votre
femme !* est la formule qui se répète à
satiété dans ces scènes. On désarme le
mari, on le force à pardonner, à embrasser
sa femme, et bientôt il affecte de l'aimer
plus que jamais. Il s'en va bras dessus, bras
dessous avec elle, en chantant et en dan-
sant, jusqu'à ce qu'un nouvel accès d'ivresse
le fasse rouler par terre ; et alors
recommencent les lamentations de la
femme, son découragement, ses égare-
ments simulés, la jalousie du mari, l'inter-
vention des voisins, et le raccommodement.
Il y a dans tout cela un enseignement naïf,
grossier même, qui sent fort son origine
moyen âge, mais qui fait toujours impression, sinon sur les mariés, trop amoureux
ou trop raisonnables aujourd'hui pour en
avoir besoin, du moins sur les enfants et les
adolescents. Le païen effraie et dégoûte tel-

lement les jeunes filles, en courant après
elles et en feignant de vouloir les embrasser, qu'elles fuient avec une émotion qui n'a
rien de joué. Sa face barbouillée et son
grand bâton (inoffensif pourtant) font jeter
les hauts cris aux marmots. C'est de la
comédie de mœurs à l'état le plus élémentaire, mais aussi le plus frappant.

Quand cette farce est bien mise en train,
on se dispose à aller chercher le chou. On
apporte une civière sur laquelle on place le
païen armé d'une bêche, d'une corde et
d'une grande corbeille. Quatre hommes
vigoureux l'enlèvent sur leurs épaules. Sa
femme le suit à pied, les *anciens* viennent
en groupe après lui d'un air grave et pensif
puis la noce marche par couple au pas réglé
par la musique. Les coups de pistolet
recommencent, les chiens hurlent plus que
jamais à la vue du païen immonde, ainsi
porté en triomphe. Les enfants l'encensent
dérisoirement avec des sabots au bout
d'une ficelle.

Mais pourquoi cette ovation à un personnage si repoussant ? On marche à la
conquête du chou sacré, emblème de la
fécondité matrimoniale, et c'est cet ivrogne
abruti qui, seul, peut porter la main sur la
plante symbolique. Sans doute il y a là un
mystère antérieur au christianisme, ce qui
rappelle la fête des Saturnales, ou quelque
bacchanale antique. Peut-être ce païen, qui
est en même temps le jardinier par excel-
lence, n'est-il rien moins que Priape en personne, le dieu des jardins et de la débauche,

divinité qui dut être pourtant chaste et
sérieuse dans son origine, comme le mystère de la reproduction, mais que la licence
des mœurs et l'égarement des idées ont
dégradée insensiblement.

Quoi qu'il en soit, la marche triomphale
arrive au logis de la mariée et s'introduit
dans son jardin. Là on choisit le plus beau
chou, ce qui ne se fait pas vite, car les
anciens tiennent conseil et discutent à perte
de vue, chacun plaidant pour le chou qui
lui paraît le plus convenable. On va aux
voix, et quand le choix est fixé, le *jardinier*
attache sa corde autour de la tige, et
s'éloigne autant que le permet l'étendue du
jardin. La jardinière veille à ce que, dans sa
chute, le légume sacré ne soit point endom-
magé. Les *Plaisants* de la noce, le chanvreur, le fossoyeur, le charpentier ou le
sabotier (tous ceux enfin qui ne travaillent
pas la terre, et qui, passant leur vie chez les
autres, sont réputés avoir, et ont réellement
plus d'esprit et de babil que les simples
ouvriers agriculteurs), se rangent autour du
chou. L'un ouvre une tranchée à la bêche, si
profonde qu'on dirait qu'il s'agit d'abattre
un chêne. L'autre met sur son nez une
drogue en bois ou en carton qui simule une
paire de lunettes : il fait l'office d'*ingénieur*,
s'approche, s'éloigne, lève un plan, lorgne
les travailleurs, tire des lignes, fait le
pédant, s'écrie qu'on va tout gâter, fait
abandonner et reprendre le travail selon sa
fantaisie, et, le plus longuement, le plus
ridiculement possible dirige la besogne.

Ceci est-il une addition au formulaire antique de la cérémonie, en moquerie des théo-
riciens en général que le paysan coutumier
méprise souverainement, ou en haine des
arpenteurs qui règlent le cadastre et répar-
tissent l'impôt, ou enfin des employés aux
ponts et chaussées qui convertissent des
communaux en routes, et font supprimer
de vieux abus chers au paysan ? Tant il y a
que ce personnage de la comédie s'appelle
le *géomètre*, et qu'il fait son possible pour se
rendre insupportable à ceux qui tiennent la
pioche et la pelle.

Enfin, après un quart d'heure de diffi-
cultés et de mômeries, pour ne pas couper
les racines du chou et le déplanter sans
dommage, tandis que des pelletées de terre
sont lancées au nez des assistants (tant pis
pour qui ne se range pas assez vite ; fût-il
évêque ou prince, il faut qu'il reçoive le
baptême de la terre), le *païen* tire la corde,
la païenne tend son tablier, et le chou
tombe majestueusement aux *vivats* des
spectateurs. Alors on apporte la corbeille, et
le couple païen y plante le chou avec toutes
sortes de soins et de précautions. On
l'entoure de terre fraîche, on le soutient
avec des baguettes et des liens, comme font
les bouquetières des villes pour leurs splen-
dides camellias en pot ; on pique des
pommes rouges au bout des baguettes, des
branches de thym, de sauge et de laurier
tout autour ; on chamarre le tout de rubans
et de banderoles ; on recharge le trophée
sur la civière avec le païen, qui doit le main-

tenir en équilibre et le préserver d'accident, et enfin on sort du jardin en bon ordre et au pas de marche.

Mais là quand il s'agit de franchir la porte, de même lorsque ensuite il s'agit d'entrer dans la cour de la maison du marié, un obstacle imaginaire s'oppose au passage. Les porteurs du fardeau trébuchent, poussent de grandes exclamations, reculent, avancent encore, et, comme repoussés par une force invincible, feignent de succomber sous le poids. Pendant cela, les assistants crient, excitent et calment l'attelage humain. — Bellement, bellement, enfant ! Là, là, courage ! Prenez garde ! patience ! Baissez-vous. La porte est trop basse ! Serrez-vous, elle est trop étroite ! un peu à gauche ; à droite à présent ! allons, du cœur, vous y êtes !

C'est ainsi que dans les années de récolte abondante, le char à bœufs, chargé outre mesure de fourrage ou de moisson, se trouve trop large ou trop haut pour entrer sous le porche de la grange. C'est ainsi qu'on crie après les robustes animaux pour les retenir ou les exciter, c'est ainsi qu'avec de l'adresse et de vigoureux efforts on fait passer la montagne des richesses, sans l'écrouler, sous l'arc de triomphe rustique. C'est surtout le dernier charroi, appelé la *gerbaude*, qui demande ces précautions, car c'est aussi une fête champêtre, et la dernière gerbe enlevée au dernier sillon est placée au sommet du char, ornée de rubans et de fleurs, de même que le front des bœufs et l'aiguillon du bouvier. Ainsi, l'entrée triomphale et pénible du chou dans la maison est un simulacre de la prospérité et de la fécondité qu'il représente.

Arrivé dans la cour du marié, le chou est enlevé et porté au plus haut de la maison ou de la grange. S'il est une cheminée, un pignon, un pigeonnier plus élevé que les autres faîtes, il faut, à tout risque porter ce fardeau au point culminant de l'habitation. Le païen l'accompagne jusque-là, le fixe, et l'arrose d'un grand broc de vin, tandis qu'une salve de coups de pistolet et les contorsions joyeuses de la païenne signalent son inauguration.

La même cérémonie recommence immédiatement. On va déterrer un autre chou dans le jardin du marié pour le porter avec les mêmes formalités sur le toit que sa femme vient d'abandonner pour le suivre. Ces trophées restent là jusqu'à ce que le vent et la pluie détruisent les corbeilles et emportent le chou. Mais ils y vivent assez longtemps pour donner quelque chance de succès à la prédiction que font les anciens et les matrones en le saluant : — Beau chou, disent-ils, vis et fleuris, afin que notre jeune mariée ait un beau petit enfant avant la fin de l'année ; car si tu mourais trop vite ce serait signe de stérilité, et tu serais là-haut sur sa maison comme un mauvais présage.

La journée est déjà avancée quand toutes ces choses sont accomplies. Il ne reste plus qu'à faire la conduite aux parrains et mar-

raines des conjoints. Quand ces parents
putatifs demeurent au loin, on les
accompagne avec la musique et toute la
noce jusqu'aux limites de la paroisse. Là,
on danse encore sur le chemin et on les
embrasse en se séparant d'eux. Le païen et
sa femme sont alors débarbouillés et rha-
billés proprement, quand la fatigue de leur
rôle ne les a pas forcés à aller faire un
somme.

On dansait, on chantait, et on mangeait
encore à la métairie de Belair, ce troisième
jour de noce, à minuit, lors du mariage de
Germain. Les anciens, attablés, ne pouvaient s'en aller, et pour cause. Ils ne retrouvèrent leurs jambes et leurs esprits que
le lendemain au petit jour. Alors, tandis que
ceux-là regagnaient leurs demeures, silen-
cieux et trébuchants, Germain, fier et dispos, sortit pour aller lier ses bœufs, laissant
sommeiller sa jeune compagne jusqu'au
lever du soleil. L'alouette, qui chantait en
montant vers les cieux, lui semblait être la
voix de son cœur rendant grâce à la Providence. Le givre, qui brillait aux buissons
décharnés, lui semblait la blancheur des
fleurs d'avril précédant l'apparition des
feuilles. Tout était riant et serein pour lui
dans la nature. Le petit Pierre avait tant ri
et tant sauté la veille, qu'il ne vint pas
l'aider à conduire ses bœufs ; mais Germain
était content d'être seul. Il se mit à genoux
dans le sillon qu'il allait refendre, et fit la
prière du matin avec une effusion si grande
que deux larmes coulèrent sur ses joues
encore humides de sueur.

On entendait au loin les chants des
jeunes garçons des paroisses voisines, qui
partaient pour retourner chez eux, et qui
redisaient d'une voix un peu enrouée les
refrains joyeux de la veille.

La Mare au Diable

Notice

I. *L'auteur au lecteur* 13
II. *Le labour* 19
III. *Le père Maurice* 31
IV. *Germain le fin laboureux* 37
V. *La Guillette* 45
VI. *Petit-Pierre* 51
VII. *Dans la lande* 61
VIII. *Sous les grands chênes* 69
IX. *La prière du soir* 77
X. *Malgré le froid* 83
XI. *A la belle étoile* 93
XII. *La lionne du village* 103
XIII. *Le maître* 109
XIV. *La vieille* 117
XV. *Le retour à la ferme* 125
XVI. *La mère Maurice* 131
XVII. *La petite Marie* 137

Appendice

I. *Les noces de campagne* 151
II. *Les livrées* 165
III. *Le mariage* 175
IV. *Le chou* 185

IMPRIMÉ EN UNION EUROPÉENNE
le 20-06-2001
002/01 – Dépôt légal, Juillet 2001